NEUKIRCHNER FERENC

A félelem nélküli harcosok

novum pro

© 2021 novum publishing

ISBN 978-3-99107-430-4
Lektor: Sósné Karácsonyi Mária
Borítóképek: Daniel reche,
Luis Louro | Dreamstime.com
Borító, tördelés & nyomda:
novum publishing

www.novumpublishing.hu

Előszó

A könyvet azoknak ajánlom, akik szeretik a kalandokat, izgalmas ütközeteket, csatákat, ármányt és szerelmet. A történetben sok szálon folynak a kalandos történetek, amelyekben négy királyságon át – a keleti, az északi, a nyugati, és végül a déli királyság területén át – követhetjük nyomon főhősünk kalandjait, ahogyan a volt rabszolgafiú igazi hőssé válik az olvasó és az őt körülvevő szereplők szemében. A történet olyan izgalmakkal teli, hogy aki elkezdi olvasni a könyvet, szinte le sem tudja majd rakni.

Fecó

I. rész

Reggel van, a felkelő Nap fényénél egy lovascsapat körvonalai rajzolódnak ki az északi puszta zöld gyepén. A lovascsapat már több napja úton van. Céljuk a távoli Szaki királyság, de míg azt elérik – ha egyáltalán eljutnak oda – számtalan akadály kerülhet útjukba és gátolhatja megérkezésüket. Vezetőjük Sen, aki azért vállalta fel ezt a hosszú és veszélyes utat, hogy fényt derítsen múltjára, és talán megtalálja vagy legalábbis fényt derítsen arra, kik voltak a szülei, honnan is származik valójában.

Egész múltját homály fedte ugyanis. Még fiatalon – emlékei szerint úgy hatéves lehetett – eladták őket az Északi Királyság egyik kikötőjében, Vork városában egy keleti rabszolgakereskedőnek – ha jól emlékszik, egy hasonló korú fiúval együtt. A kufár hajóján a távoli Keleti Királyságba hozta őket, ahol is mindketten egy kőbányába kerültek.

Nevüket is itt kapták, mert az út folyamán azt is elfelejtették, miután a hajón is elég mostohán bántak velük a hosszú út során. A másik fiút Sidnek nevezték el. A kőbányában az elején vizet hordtak a többi rabszolgának, és élelmezésükben segítettek. Később már, amikor nagyobbak lettek, őket is befogták a nehéz és gyötrelmes munkába. Mivel nem itt születtek, termetük nagyobb és erősebb volt, mint az itt élő keletieké, így mikor elérték a 16 év körüli kort, egy helyi nagyúr, aki gyakran látogatta a kőfejtőt, hogy gladiátorokat keressen magának, felfigyelt rájuk és mindkettőjüket megvásárolta.

Életük talán még kegyetlenebb lett, hisz' a kiképzőhelyen a többi gladiátor és kiképzőjük elég keményen és sokszor megalázóan bánt velük, mivel ők voltak a legfiatalabbak.

Három év elteltével azonban nagy átváltozáson estek át. Mindkettőjük teste még jobban megerősödött, izmaik kemények, acélosak lettek, termetükkel kitűntek a többi gladiátor közül, és tudásukkal, bátorságukkal, amit kiképzésük során szereztek, ők lettek az iskola legelszántabb harcosai. Mindketten két karddal harcoltak. Éveken át erre tanították őket, és ők ezt jól, sőt kiválóan el is sajátították, hisz' tudták: ha bekerülnek az arénába, ott tudásukra számíthatnak csak, ha életben akarnak maradni. Ott a vesztesek, gyengék meghalnak, számukra nincs kegyelem, csak a legjobbak maradhatnak életben, és számukra az volt a cél.

Mindketten fáradhatatlanul eddzenek, gyakorolnak az udvaron, mikor kiképzőjük, Tar odaszól nekik:

– Elég, most már hagyjátok abba, holnap nehéz napotok lesz. Lehet, hogy az utolsó, gyertek, egyetek és pihenjetek, még el akarlak látni benneteket néhány hasznos tanáccsal.

Miután ettek, ittak, kiképzőjük leült velük szemben az asztalhoz.

– Úgy tudom, két szigonyos gladiátorral fogtok szembekerülni. Itt kiképzésetek során már találkoztatok ilyen harcmodorral, habár az aréna az más, mert ott a tanultaktól eltérő lehet, sőt van mindenkinek saját maga által kifejlesztett harcmodora. Csak arra figyeljetek nagyon, hogy a hálójukba, amit a bal kezükben tartanak, nehogy belegabalyodjatok, mert az a végzeteteket jelenti. Habozás nélkül végeznek veletek, hisz' ott az a cél lebeg mindenki szeme előtt: életben maradni és túlélni a harcot.

Megköszönték kiképzőjük hasznos tanácsait, és elalvás előtt még egy kicsit elbeszélgettek.

– Te emlékszel valamire a gyerekkorodból? – kérdezte Sen.

– Sokra nem. Egy kis házban éltem anyámmal és nagyapával, az udvarban egy nagy körtefa volt és körülötte sok csirke futkosott. Egyszer fegyveresek jöttek, és elhurcoltak. Így kerültem ide.

– Én egy nagy, kastélyszerű helyen éltem, sok szolgáló vett körül, mindenem megvolt. Anyám magas, karcsú, szép nő volt, és képzeld, pont ott, ahol nekem, a füle mögött volt két anyajegye egymás mellett. Apámra én sem emlékszem. A kastély melletti parkban játszottunk épp anyámmal és két szolgálóval, amikor fegyveresek jelentek meg, és én is arra a sorsra jutottam, amire te.

Abbahagyták a beszélgetést, majd mind a ketten lefeküdtek az ágyukra és elaludtak. A reggel hamar eljött. Tar velük együtt még másik három gladiátort is felkészített, akik azon a napon harcolni fognak az arénában. Az év két napján megrendezett viadalon számos gladiátor vett részt a királyságok városából. Gazdáik ilyenkor nagy pénzekkel fogadnak rájuk. Számukra ez szórakozás volt, de a vesztes gladiátor számára a halált jelentette.

Az öt gladiátort felpakolták a lovaskocsira és kiképzőjük, valamint gazdájuk egy másik kocsival követte őket az aréna felé. Odaérve betereltek egy cellába az öt gladiátort, ahol küzdelmük elkezdéséig maradnak. Gazdájuk fent, az emelvény egyik páholyában foglalt helyet.

Megkezdődött a viadal. A küzdelmeket a tartomány alkirálya, Tau fenség jele nyitotta meg.

Elsőnek egy buzogányos és egy lándzsás gladiátor kezdett – a buzogányos győzött. Bent a cellákban feszült csend volt, mindenki a küzdelemre készült.

Tar odalépett, és kinyitotta a cellaajtót. Sen és Sid tétován álltak fel.

– Még nem ti jöttök.

A másik három társuknak intett, és elvezette őket.

– Nem félsz? – kérdezte Sid.

– Dehogynem, hisz' nem tudom, mi fog történni velünk, vajon lesz-e esélyünk túlélni a küzdelmet.

– Tudod, mielőtt meghalok, szerettem volna megismerni apámat, még egyszer látni anyámat, egyáltalán megismerni a múltamat, de lehet, hogy már soha nem tudom meg, ki is voltam valójában.

Sen leült a padra és két kardjára pillantott.

– Most már csak bennük bízhatok.

Egy óra múlva visszatért Tar.

– Ti jöttök.

– A többiek hol vannak? – kérdezte Sid.

– Halottak – válaszolta szomorúan Tar.

– Ránk is ez a sors vár? – kérdezte Sid.

– Ez csak rajtatok múlik. Ha győztök, életben maradtok, ha veszítetek, meghaltok, csak ez a két lehetőség van. Fogjátok a fegyvereiteket és gyertek utánam.

Mindketten követték Tart, majd az aréna bejárata előtt megálltak. A két szigonyos már ott várakozott. Arcukat nem látták, mert sisakjuk eltakarta. Odalépett hozzájuk a viadal vezetője.

– Mind a négyen jöttök utánam és bevonulunk az arénába. Miután jelt adok, megkezdődhet a küzdelem. Szabályok nincsenek, a harc halálig tart. Megértettétek?

Mind a négyen csendesen bólintottak, és megindulnak az aréna közepe felé. Ketten jobbra, a másik kettő balra helyezkedett el. Ott álltak, közben a nézők elkezdték megkötni a fogadásokat. Gazdájuk 15 aranyban fogadott rájuk a másik két harcos gazdájával.

– Csak ennyivel fogadsz?

– Már így is elveszítettem 20 aranyat. Úgy látszik, ez a nap nem kedvez nekem.

Miután a többiek is fogadtak, a viadal vezetője jelzett a gladiátoroknak és megkezdődött a harc.

Először csak kerülgették egymást, a szigonyosok egy-egy döféssel próbálkoztak, de Sen és Sid ügyesen kitértek a szúrások elől. Az egyik szigonyos hálóját Sen felé vetette, de ő kardjával ügyesen elhárította azt. Sidnek nem volt ilyen szerencséje; őneki a háló a lábára csavarodott, a szigonyos a földre rántotta, majd fegyverét felemelte feje a fölé, hogy Sidbe döfje. Sidnek esélye sem volt. Sen ezt látva egy hatalmas szaltóval átugrotta ellenfelét, és egyik kardját a Sidet ledöfni készülő gladiátorba vágta, másik kardjával meg a saját ellenfele torkát vágta keresztül ugrás közben.

Döbbent csend következett, hisz' ilyet még senki nem látott az arénában, hogy valaki egyszerre két ellenféllel végezzen. Azután kitört az örömujjongás: ünnepelték a két győztest.

Bejött a viadalvezető és visszavezette őket a cellájukba. Tar elégedetten nyugtázta:

– Ez valami csodálatos volt, ilyet még nem láttam. Hol tanultad ezt?

– Nem tudom, csak úgy jött magától – felelte Sen.

– Most hogyan tovább, mi lesz? – kérdezte Sid.

– Visszatértünk a gazda házába, kaptok egy finom vacsorát, és talán egy-egy nővel is megjutalmaz benneteket a gazda.

De nem így lett. A gazdát magához kérette az alkirály.

– For nagyúr, úgy tudom, a te tulajdonodban van a két gladiátor, akik ezt a látványos győzelmet aratták.

– Igen, királyom.

– Szeretném őket megvásárolni.

For nagyúr jól tudta, hogy az alkirálynak nem mondhat ellent.

– Mennyire gondolsz?

– 100 aranyra.

– Legyen fejenként 100.

Az alkirály gondolkodni kezdett.

– Jó, rendben.

Intett az intézőjének, aki ki is fizette For nagyúrnak az öszszeget.

Sid és Sen cellája előtt megjelent öt fegyveres. Tar felállt, és kérdőre vonta őket.

– Mi történik?

– Elkísérjük őket. Az alkirály megvásárolta mind a kettőt, most már az ő tulajdonát képezik.

– Kaphatok egy percet, hogy elbúcsúzzam tőlük? Évekig én voltam a kiképzőjük.

– Hogyne. – Kicsit félrevonultak.

– Isten áldjon benneteket! Remélem, jobb sorsotok lesz, mint eddig volt, talán még hallok felőletek.

Megölelte mindkettőt, majd a fegyveresek elkísérték őket.

Estefelé az alkirály színe elé vitték őket

– Jó erős és magas harcosok vagytok. Mostantól az én tulajdonomban vagytok, azt csinálok veletek, amit csak akarok, nekem tartoztok feltétel nélküli engedelemmel. Nálam is harcolni fogtok, s hogy meddig éltek, az rajtatok múlik

Másnap indultak vissza a tartomány fővárosa, Sar felé. Több napig utaztak, mire megérkeztek Sar városába, ahol mindjárt a palotába kerültek. Az alkirálynak hatalmas palotája volt, magas kőfallal körülvéve. Őket egy hátsó szárnyba vezették, ahol a többi gladiátor is tartózkodott. Itt nem csak rabszolgák voltak, hanem szabad emberek is, akik pénzért harcoltak. Mindjárt egy fájdalmas eseményt kellett átélniük: beleégették a jobb felkarjukba az alkirály jelét, ami egy körben lévő háromszöget ábrázolt.

Itt több mint száz gladiátor volt, így több kiképző is foglakozott velük. Egy idősebb, keleti harcmesterhez kerültek, aki nemcsak gyakorlati, hanem szellemi oktatásban is részesítette mindkettőjüket. Mindkettőjüknek két-két kézbe szabott markolatú, félhosszúságú, kétélű kardot csináltatott. Ezentúl ezekkel fognak küzdeni. Már vagy fél éve tartott a kiképzésük, mikor mesterük bejelentette, hogy hétvégén sor kerül az első küzdelmükre, ami halálig tart.

Eljött a hétvége. Mindkettőjüket a palota terére kísérték, itt kapták meg a felszerelésüket is: bőrnadrág, bőrcsizma, s a hátukra erősítve két-két kardjuk, hogy ne akadályozza őket a mozgásukban harc közben. Az alkirályi család és a többi nagyúr is elfoglalta már a helyét. Ott volt az alkirály felesége és négy gyermeke, két fiú és két leány. Az alkirály nagyobbik leányának szeme megakadt a két magas, izmos, itteniektől eltérő arcú gladiátoron.

– Milyen erős férfiak, szinte kár lenne, ha megölnék őket.

– Nem valószínű. Főleg az egyik nagyon ügyes; képzeljétek, egyszerre két ellenféllel végzett.

– Hogy lehetséges ez? – kérdezte Alda hercegnő.

– Lehetséges, a saját szememmel láttam.

Összepárosították, ki kivel küzd meg, majd megkezdődtek a párviadalok. Sen másodiknak lépett a küzdőtérre – most nem kettőjüknek együtt, hanem külön-külön kellett megküzdeniük. Őneki egy hosszabb karddal harcoló, pajzsos gladiátor lett az ellenfele.

A viadalvezető megadta a jelet. Sen odaugrott, a másik még fel sem ocsúdott, ő kardjával átszúrta a torkát. Ellenfele földre rogyott és kidőlt oldalra: meghalt.

– Hát ez igencsak gyors volt – jegyezte meg a hercegnő.

– Mondtam neked, leányom, hogy ez a harcos egy kivételes tehetség.

Következett Sid, akinek egy buzogányos jutott. Sid is leterítette rövid küzdelem után az ellenfelét. A küzdelmek után viszszakísérték az életben maradt gladiátorokat a helyükre. Az alkirály magához kérette idős mesterüket és közölte vele, hogy mindkét gladiátor – mármint Sen és Sid – ezentúl a városi sikátorok arénájában fog harcolni.

– De ott megölik őket felség.

– Nem baj, úgyis az a sorsuk. Remélem, addig is sok pénzt keresnek nekem.

– Ahogy parancsolod, elkezdem a felkészítésüket.

A mester lement hozzájuk és elmagyarázta nekik, hova fognak kerülni.

– Ott csak akkor maradtok életben, ha elég ügyesek vagytok. Továbbá kegyetlennek kell lennetek, hisz' ott szabály vagy szánalom nincs, egyszerűen ölnötök kell, vagy megölnek benneteket.

Eltelt fél év. Sen sok emberrel végzett, a sikátorok rettegett gyilkosának nevezték, már szinte alig akadt ember, aki ki mert volna állni vele. Sid is jól harcolt, hiszen életben maradt.

Az alkirály ismét magához hívatta az idős mestert, és beszámoltatta az eddig történt eseményekről

– Sok pénzt keresett nekem ez a két gladiátor, örülök, hogy túlélték. Tényleg kivételes képességű harcosok. Nem kell már többé a sikátorokban harcolniuk. Közöld velük, hogy a hónap végén elviszem őket a fővárosba, Attába a többit gladiátorral együtt az éves nagy versenyre, ami csaknem fél hónapig tart. Készüljenek fel a másik 28 gladiátorral együtt.

– Igenis, felség, elkezdem a felkészítésüket.

Sen és Sid testén számos sebhely és heg volt látható. Lehettek nagy harcosok, de nem voltak sebezhetetlenek. Az orvos rendbe hozta a sebeket és elkezdték a felkészülést.

Sen és Sid sokat gyakoroltak, habár Sennek nem nagyon volt rá szüksége. A többi gladiátor nagyra tartotta mindkét idegen harcost, nem szerettek volna velük szembekerülni. Indulás előtt nem sokkal az uralkodó ismét hívatta mesterüket.

– Délután kísértesd a küzdőtérre Sent!

– Miért felség, megtudhatom?

– Nem, csak kísért oda, és hozza magával a kardjait is!

A mester visszavonult. Ekkor az alkirály hívatta az egyik kapitányát.

– Válassz ki öt jó harcost a katonáid közül, és két óra múlva legyenek fegyverzetben a küzdőtéren.

– Igenis, felség!

Délután volt. Az alkirály kíséretével megérkezett a küzdőtérhez, ahol már ott várakozott a kapitány kiválasztott öt katonája, valamint a Sid és Sen.

– Gladiátor, hallottam kivételesen nagy tudásodról, milyen ügyes és kegyetlen vagy a harcban. Most öt katona ellen kell megküzdened. Ha itt is győzni tudsz, akkor méltó lehetsz arra, hogy te vezesd gladiátorcsapatomat a fővárosunkban a fenséges császár elé.

Sen nem szólt semmit, csak bólintott, az öt katona azonban félelemmel telt el, hisz' már ők is hallottak a kivételes képességű harcosról, akinek eddig nem akadt legyőzője. Nem volt azonban választásuk, harcolniuk kellett. Felálltak egymással szemben, az alkirály jelt adott és megkezdődött a küzdelem. Nem tartott sokáig; Sen hamar végzett a katonákkal majd az alkirály felé fordult, és fél térdre ereszkedve lehajtotta a fejét

– Te egy igazán nagyszerű harcos vagy, azt már magam is látom. Úgy érzem, a fővárosban sem fogsz legyőzőre találni. A hátralévő pár napra megengedem, hogy a palotában lehess, kapsz egy külön szobát a mestereddel együtt.

– Köszönöm, felség, remélem méltóan fogom képviselni a csapatodat a fővárosi viadalon is.

Elfoglalta a szobájukat a palotában. Az alkirály megengedte nekik, hogy szabadon mászkálhassanak bent, és kint a kertben is. Két szolga jelent meg az ajtajukban és szóltak, hogy kövessék őket.

Egy fürdőhelyiségbe vezették őket. Sen még életében nem volt ilyen helyen: egy vízzel teli medence állt benne, és kellemes illat töltötte meg a helyiséget. A szolgák mondták neki, vesse le a ruháit és lépjen be a medencébe. A két szolga is követte, ő pedig hagyta, csináljanak vele, amit csak akarnak. Ebben a kellemes környezetben igazán jól érezte magát – életében talán először. Kiült a padkára és nézte, hogy mestere is tisztálkodik. A szolgák ezután egy könnyű nyári ruhát és szandált adtak rá. Felszabadultnak érezte magát a fürdés után. Mesterével kimentek a palota kertjébe és leültek egy árnyas fügefa alá. Már majdnem elaludt, mikor valaki megszólította.

– Jól érzed itt magad?

Sen felnézett. A két hercegkisasszony állt előtte szolgálóival, valamint az alkirály. Féltérdre ereszkedett.

– Nem kell ezt csinálnod. Állj fel! Én Alda vagyok, a húgomat Rinának hívják. Ha magunk között vagyunk, nyugodtan szólíthatsz bennünket a nevünkön, megengedem.

Sen felegyenesedett, egy jó fejjel magasabb volt a két hercegnőnél. A hölgyeket elbűvölte Sen magas, izmos termete, szőkésbarna haja és kék szeme, valamint arca is, amely valahogy más volt, mint a helyi embereknek.

– Ülj le az asztalhoz. Szeretnék veled egy kicsit beszélgetni. Hogy kerültél ide hozzánk?

– Arra nem nagyon emlékszem, mert még kiskoromban elraboltak és eladták rabszolgának. Annyi rémlik, hogy valahonnan az északi királyságból származom.

– Apánk azt mondta, te egy veszélyes és kegyetlen harcos vagy. Igaz ez?

– Igaz.

– Egyáltalán nem tűnsz annak. Megnyerő a modorod, szelíd a tekinteted.

– Valamikor én is ilyen voltam, amilyennek most láttok, de később arra kényszerítettek, hogy öljek, gyilkoljak, és ezt kellett tennem, különben nem maradhattam volna életben.

Vacsorára csengettek. A két hercegnő felállt és elköszöntek tőlük, s kíséretükkel együtt megindultak a palota étkezőjébe.

Ekkor váratlan esemény történt: egy királykobra egyenesedett föl, és Alda hercegnő felé akart marni. Egy szolga elévetette magát, így őt érte a kobra marása, ám ezután a kobra megint a hercegnő előtt ágaskodott, aki behunyta a szemét és várta sorsát, hogy a kobra megmarja. Sen egy párduc gyorsaságával ott termett, megragadta a kobra farkát, majd nagyot rántott rajta és teljes erőből kétszer az asztalhoz csapta. A kobra feje kettéhasadt. Mikor Sen már látta, hogy a kobra senkire sem jelent veszélyt, ledobta a földre.

Ahogy Alda kinyitotta a szemét, maga előtt látta Sent, és a földön a döglött kobrát. Mindenki le volt merevedve a rémülettől. Alda Sen nyakába ugrott, szorosan átölelte.

– Megmentetted az életem. Mivel állhatom ezt meg?

Sen ilyet még életében nem érzett, hogy egy nő átöleli, s nagyon kellemes érzés töltötte el.

– Köszönöm, hercegnő, de örömmel tettem, nem tartozol érte hálával. Nekünk, rabszolgáknak az a dolgunk, hogy gazdáinkat szolgáljuk, akár az életünket is adjuk értük. Én csak azt tettem, amit kellett. Egy kígyót megölni nem nagy dolog, hisz' fegyvere sincs – tette hozzá viccelődve.

Nemsokára odaért az alkirály és kísérete. Értesítették a történtekről, majd végighallgatta két lánya beszámolóját az eseményről. Ezalatt Sen ott állt, meg sem mozdult.

– Eddig is tudtam, hogy bátor és kemény harcos vagy, de hogy ilyen önfeláldozó is, azt nem gondoltam volna. Jutalmul tettedért felszabadítalak, többé nem vagy rabszolga, és a tornán sem kell részt venned.

– Igazán köszönöm, felség, de én inkább részt kívánnék venni azon a tornán, hogy további dicsőséget szerezzek számodra. Csupán egy kérésem lenne.

– Szólj hát, s ha lehetőségem van rá, szavamat adom, hogy teljesítem.

– Szeretném, ha társamat, Sidet is felszabadítanád, vagy ha nem, akkor én is inkább maradok rabszolga.

– Apám, teljesítsd a kívánságát, nagyon örülnék neki – szólt Alda.

– Én is – vágott közbe Rina –, az a másik is biztosan megérdemli.

Az alkirály elgondolkozott.

– Jól van, mindketten szabad emberként vehettek részt a tornán. Őt is idehozatom, és a hátralévő időt az indulásig együtt tölthetitek.

Sid nagyon meglepődött, mikor a mesteréhez és Senhez vezették – hát még akkor, amikor mindent elmeséltek neki.

A három hátralevő napot együtt töltötték. Sokat beszélgettek. A két hercegnő szinte minden szabadidejét ott töltötte velük, és hallgatták az olykor véres és kegyetlen történeteket.

Ran, az alkirály nagyobb fia, a trónörökös is odament és megkérte Sent, tanítsa meg harcolni.

Ekkor megjelent az alkirály.

– Majd ha visszatérünk a fővárosból lesz rá alkalmad, mert lányaim kérésére kinevezem őket testőrnek, így sok időt tudtok majd együtt tölteni.

A két hercegnő odafutott, és megölelték apjukat.

– Köszönjük, apám! Ennél nagyobb örömöt nem is szerezhettél volna nekünk – mondta Alda.

– De mi lesz, ha megölik őket? Apám, ne engedd elmenni őket!

– Nem tehetem, lányom. Ők akarnak elmenni, és ebben nem akarom őket megakadályozni, hisz' szabad emberként ez volt az első kérésük.

Másnap indultak is Attába. Atta a tengerparton feküdt, a Keleti királyság fővárosa fontos kereskedelmi központ volt.

Hajóval mentek, mert az alkirály palotája is a tengerparton volt. Szinte egész nap tartott a bepakolás.

A gladiátorok az alsó fedélközben voltak. Hátul helyezkedett el az alkirály és kísérete, a fedélzeten pedig az őrség meg a személyzet. Sennek is Sidnek megengedte az alkirály, hogy fent maradjanak a fedélzeten és még a fegyvereiket is maguknál tarthatták, hiszen már hivatalosan is a királyi testőrség tagjai közé tartoztak. Az alkirályt kisebbik fia, a legkisebb herceg, Hor kísérte el. Távollétében a nagyobbik fia, a trónörökös Ran látta el az uralkodói feladatokat.

A búcsú nagyon nehéz volt Alda számára, hiszen nagyon megkedvelte Sent, és ki tudja, talán most látja utoljára. Mielőtt elváltak, kivett egy zöld selyemszalagot a hajából és odaadta Sennek.

– Ez majd szerencsét hoz neked.

Sen levágott egy tincset saját hajából, kötött rá egy csomót és odanyújtotta Aldának.

– Én csak ezt tudom neked adni, nincs másom.

Alda kivette Sen kezéből, megsimogatta a fiú arcát és annyit mondott neki:

– Köszönöm, hogy megmentetted az életemet, nem fogom elfeledni soha.

Sen megfordult, és felszállt a hajóra. Ekkor ért oda az alkirály és kísérete is. Az uralkodó elbúcsúzott feleségétől, fiától és a lányaitól, majd felszálltak a hajóra és engedélyt adott az indulásra. A hajó kifutott.

Sen még sokáig nézte a partról integető hercegnőt. A szíve mélyén titokban érezte, hogy nem is apjának, hanem neki integet. Már napokkal korábban furcsa érzés kerítette hatalmába: még senki iránt nem érzett ilyen vonzalmat, mint a hercegnő iránt, habár jól tudta, kettőjük között a barátságon kívül nem lehet semmi, mert Alda egy hercegnő, ő pedig csak egy rabszolga. Igaz, most már szabad ember, de ez is nagyon kevés, hisz' sem rangja, sem pedig vagyona nincs.

Sen és Sid mesterükkel a hajó orrában álltak és élvezték a friss tengeri levegőt

– Soká' tart még az út? – kérdezték a mestert.

– Öt-hat napig, egyszer én is voltam ott.

Összenéztek.

– Mit csinált ott, mester?

– Én is gladiátor voltam és harcoltam. Minden összecsapásomat megnyertem, s amikor visszatértem, a király felszabadított és kinevezett oktatónak, hogy tanítsam a gladiátorokat.

Leszállt az éjszaka, gyönyörű csillagos ég ragyogott a fejük felett. A mester már nyugovóra tért, csak ketten álltak a hajó orrában.

– Mit gondolsz, visszatérünk még ide? Mert én nagyon szeretnék – kérdezte Sen.

– Beleszerettél a hercegnőbe, igaz? – szólt Sid.

– Nagyon úgy érzem most, hogy nem látom és nincs a közelemben. Nagyon hiányzik.

– Csak ne nagyon hangoztasd, mert ha az apja tudomására jut, akár a fejedet is lecsapathatja.

– Akkor is hiányzik.

Még egy darabig beszélgettek, aztán ők is nyugovóra tértek.

A harmadik napon vihar tört ki, nagy hullámok dobálták a hajót.

– Felség, ki kell kötnünk – szólt a kapitány az alkirálynak.

– Merre járhatunk?

– Valahol a Durri-hegyvonulatokhoz közel, mert a parton látom a hósipkás hegytetőket. Pont előttünk van egy védett öböl is.

A part felé hajóztak, a vihar egyre erősödött. Nagy sebességgel siklottak a vízen az öböl felé; a kapitány minél előbb partot akart érni, de nem számolt a hullámok erejével, melyekből egy nagyobb kivetette a hajójukat egy homokpadkára.

A hajó fennakadt, és lassan az oldalára dőlt – az árbóc elhúzta. Nagy riadalom támadt a hajón. A gladiátorok nem tudták, hogy mi történik, be voltak zárva. Az alkirály és kísérete is nagyon megijedt. Azonnal magához kérette a kapitányt.

– Mi történik itt?

– Fennakadtunk egy homokpadkán, felség.

– Tudunk valamit csinálni?

– Egyelőre, míg a vihar el nem áll, semmit.

A vihar még vagy négy órán keresztül tombolt, majd szépen elcsendesedett.

Az alkirály és az őt kísérő katonák kiszálltak a partra, Sen és Sid, valamint a mester is velük tartottak.

– Hol vagyunk, meg tudja mondani valaki? – kérdezte az alkirály.

– Ott szemben kezdődik a Durri-hegység, felséged is láthatja. Előttünk meg a dzsungel.

Sen és Sid még soha nem látott dzsungelt. Nagy, magas fák és buja, sűrű aljnövényzet volt előttük.

– El tudunk indulni a hajóval?

– Így nem – válaszol a kapitány. – Ennek csak egy módja lenne: egy olyan széles árkot kellene ásni, mint a hajó, és kb. két méter mélységben, hogy azon vissza tudjuk vinni a tengerbe. Három-négy napot venne igénybe.

Az alkirály felderítőket küldött ki.

– Nézzétek meg, nincs-e valami járható út vagy város a közelben, vagy bármilyen lakott terület.

Szólt a hajó elejében levő szolgáinak, hogy a császárnak szánt ajándékot vezessék ki. hajóból.

Három gyönyörű, éjfekete paripa volt az ajándék. Sen és Sid is csodálattal nézték a szép lovakat.

– Még jó, hogy nem esett bajuk ebben a viharban.

A dzsungel szélére kötötték őket, és két szolgáló utasítást kapott, miszerint lássák el a lovakat.

Ezután szólt a mesternek, hogy a gladiátorokat is kiengedheti, ők ugyanis be voltak zárva. Sen és Sid is elkísérte. A nagy csapóajtóval nem boldogultak mert az beszorult. Sen elkezdett keresni valami feszítőeszközt. Végül sikerült nekik, kinyitották az ajtót, és lementek a gladiátorok közé.

Kint a parton a kapitány épp mondani készült valamit az alkirálynak, mikor egy dárda állt a mellkasába. Összeesett. A dzsungelből félmeztelen, tolldíszes harcosok ugráltak elő és megtámadták őket. A katonák az alkirály köré álltak, és felvették velük a harcot.

A csata zaját a hajón is meghallották. A mester kinyitotta a tárolóhelyiséget, ahol a gladiátorok fegyvereit tartották, és szétosztotta azokat közöttük.

– Az életekért harcoltok. Ne feledjétek, ha kiérünk a partra, ék alakzatban támadjatok, így nem tudnak a hátatok mögé kerülni.

A harc egyre hevesebben folyt, mindkét oldalon fogytak az emberek, majd egy óra elteltével véget ért. Sen és Sid egymás mellett küzdött végig, sok támadót megöltek. Az idegen harcosok fegyverzete pajzsból, dárdából, meg valami fejszeszerű fegyverből állt. Körülöttük sok halott hevert, s mindkettőjük kardja vértől pirosodott. Tőlük nem messze feküdt holtan mesterük; egy fejsze betörte a koponyáját. Kicsit messzebb hevert az alkirály és a fiatal herceg is.

Huszonöten maradtak életben, mindenki más meghalt. Huszonöt gladiátor a dzsungelben. Tanácstalanok voltak, egyikük sem tudta, honnan származik. Legtöbbjüket még gyerekkorában rabolták el, vagy szüleik adták el őket. Többségük kőbányába, gyémánt- vagy aranybányába és különböző ültetvényekre került dolgozni rabszolgaként, később kerültek a gladiátoriskolákba.

Sen azt tanácsolta, hogy előbb jussanak ki innen, utána majd megbeszélik, mit is csináljanak, hova menjenek.

– Ti ketten már szabad emberek vagytok, nektek könnyű – szólt az egyik gladiátor.

– Nem egészen, hisz' semmilyen írásunk nincs róla, és a bőrünkbe ugyanolyan jel van beégetve mindannyiunknak.

– Ez igaz.

– Ha visszatérnénk a palotába, ott tudnánk igazolni – szólt Sid.

– Nem tartom jó ötletnek, szerintem lefejeztetnének bennünket, mert nem védtük meg az alkirályt meg a herceget.

Sen tanácsára kipakoltak a hajóból minden olyan hasznos dolgot, amit tudtak használni. Találtak egy láda aranyat, ékszereket. A három ló után csúsztató fát kötöttek, arra pakolták az élelmet, fegyvereket és a kincseket. A halottakat behordták a hajó belsejébe és mielőtt elindultak volna, felgyújtották azt.

Két napba került, míg kiértek a dzsungelből, s ott álltak a Durri-hegység lábánál. A katonák ruháit húzták magukra, a karjukat eltakarták, hogy ne látszódjon a rabszolgajel. Érdekes módon nem találkoztak senkivel. Nem messze tőlük egy falucska látszott. Elindultak arrafelé.

A falu széléhez érve már várták őket. A falu vezetője üdvözölte a csapatot.

– Üdvözöllek benneteket. Szabad megkérdeznem, mi járatban vagytok?

Sen kis ferdítéssel elmesélte, hogy megtámadták őket, urukat megölték, és igyekeznének vissza a palotába, ha tudnák, hogy hol vannak és merre kellene menniük.

A falucska vezetője közölte velük, töltsék itt az éjszakát, és másnap majd útba lesznek igazítva.

Elfogadták a szíves meghívást, és beszállásolták magukat a falu szélén levő területre.

– Hogy hívnak, öreg? kérdezte Sen.

– Semúlnak, nagyuram.

– Nem vagyok én úr, csak szólíts Sennek. Az lenne a kérdésem, hogy a lovainkat is ellátnátok-e, meg ha van egy kis maradék ételetek, azt is szívesen elfogadnánk.

Ezzel az öreg markába nyomott három aranyat. Az öreg nagyon meglepődött, mert általában az eddig erre kerülő fegyveresek csak kifosztották őket.

– Hogyne, vitéz uram. Mindjárt küldök valakit, és az asszonyokkal hozatok meleg ételt.

A pénzből, amit Sen adott nekik, egy hónapig eléldegélhetett a falu népe. Sen nem volt tisztában a pénz értékével, nem tudta, mi mennyibe kerül.

– A falusiakhoz és asszonyaikhoz nem nyúlhat senki, megértettétek? – közölte erélyesen a többiekkel.

Mindenki beleegyezően bólintott, ugyanis Sent még kint a parton megválasztották vezetőjüknek. Nemsokára nagy sürgés-forgás lett; az asszonyok kenyeret, sült húst és főzeléket hoztak Sen csapatának. A lovakat bevitték az egyik falusi istállójába és ellátták őket. Az öreg szólt Sennek, hogy töltse nála az éjszakát, de ő elutasította azzal, hogy együtt marad a csapatával és mindnyájan kint, a szabad ég alatt alszanak. Megszokták a kemény körülményeket, hiszen mindegyikőjük erős, edzett férfi volt. Másnap reggel bőséges reggelit tálaltak nekik fel a falusiak: frissen sütött cipót, sajtot, túrót és tejet. Az öreg elmondta nekik, merre induljanak a palota felé, de persze ők nem arra akartak menni.

– Azt szeretném tőled kérdezni, öreg, hogy lovakat tudnánk-e valahol venni?

– Úgy háromnapi járásra van egy nagyobb település, ott vannak lovak és kovácsok, valamint ügyes kézművesek. Sőt van egy iparosház, ahol olyan páncélinget csinálnak, amin a nyílvessző sem tud áthatolni, és a kard vagy a lándzsa hegyét is megállítja.

Sen megköszönte az öreg útbaigazítását, és még két aranyat nyomott a markába.

Összepakoltak és elhagyták a falut.

– Milyen rendes katonák voltak – szólalt meg az egyik falusi.

– Hát nem tudom, hogy kik voltak, de katonák biztosan nem, azok nem ilyen barátságosak és nem fizetnek arannyal.

Sen és csapata három nap múlva el is érte a kis városkát, Sorát. A városka vezetője köszöntötte őket. Sen elmondta, hogy lovakat szeretnének vásárolni. Az elöljáró elmondta, van a város mellett egy hatalmas karám, ott van bőven ló, menjenek és válogassanak belőlük, de ha kiválasztották, várniuk kell, mert be is kell őket törni, hogy lovagolni tudjanak rajtuk. Ez azt jelenti, hogy hosszabb időre itt kell maradniuk a városban.

Sent és csapatát a városka szélén levő nagycsarnokban szállásolták el, mellette volt istálló is, sőt még egy fürdőhelyiség is. Ez volt a városka ünnepi terme; ha valamilyen ünnepet ültek vagy esküvő volt, itt gyűltek össze. Volt benne sok asztal, szék, is főzni is lehetett. Hoztak nekik matracokat is, ahol aludni tudtak. Sen összehívta őket.

– Az a tervem, hogy veszünk lovakat, mindenkinek legyen. Csináltatunk mindenkinek két kardot, mint az enyém, ezzel könnyű lóhátról harcolni, és olyan nyerget, amivel kapaszkodás nélkül is fent tudunk maradni a ló hátán. Varratunk egyforma ruházatot és csizmát, és mindenkinek lesz egy páncéling is.

A többiek beleegyezőn bólintottak.

– Meg kellene tanulnunk lovagolni is, mert nem hiszem, hogy valaki is tudna közülünk – szólt az egyik gladiátor.

– Azt is megoldjuk, egy jó ideig itt maradunk.

Sen közölte a városka vezetőjével, Sadóval, mit szeretnének, az meg értesítette az iparosokat, akik meg is jelentek náluk. A kovács méretet vett Sen kardjáról, a szabó a ruhákat mérte fel, a csizmadia mindenkinek a lábát mérte le, valamint a páncélingkészítő mester is megbeszélte velük, mit is szeretnének, és méretet vett. Sen azt mondta nekik, hogy egy hadúr testőrségét fogják elvállalni, azért kell nekik ennyi minden és kikötötte, hogy minden fekete legyen. A holmikért járó, kialkudott összegnek a felét ki is fizette az iparosoknak. Másnap reggel kimentek a karámhoz kiválasztani a lovakat. Sen azt szerette volna, hogy mind fekete legyen, mert ami nekik volt három, az is fekete volt.

– Sajnos öttel kevesebb van – szólt Sadu

– Nem tudnánk valahonnan még beszerezni? – kérdezte Sen.

– Hát egynapi járásra van egy gazdaság, ott biztosan lehet találni, elküldöm a lovászfiút.

– Ha van fekete ló, mindjárt hozhatja is őket. Mondja meg a gazdának, hogy ha idehozza őket, itt mindjárt ki is fizetem.

– Rendben.

Sennek megtetszett egy, a többi lónál valamivel erősebb fekete csődör, és ki is választotta magának.

– Ezt valahonnan a Nyugati királyságból hozták, úgy tudom, valami híres kapitány lovagolta egy hadjárat során.

– Most is az lesz – felelte Sen.

A lovászok megkezdték a lovak betörését. Harcostársai csodálkozva figyelték, mert még nem láttak ilyet. Két nap múlva megérkezett a lovászfiú a gazdával és az öt fekete paripával. Megegyeztek, Sen kifizette a lovak árát, és azokat is elkezdték betörni.

– Hogyhogy nem tudnak lovagolni? – kérdezte Sentől a falu vezetője.

– Úgy, hogy eddig gyalogosok voltunk.

– Aha, így már értem. A lovakat betörtük. Holnap elkezdődhet a tanulás, hogyan kell megülni a lovat és lovagolni.

Reggel a karám melletti mezőn megkezdődött a gyakorlás, ami a harcosoknak nem ment olyan könnyen, mint a csatározás – sokszor lepottyantak a lovak hátáról. Egy hét múlva azonban már meg tudták ülni a lovakat, megtanultak vágtázni, ügetni, sőt azt is, hogyan kell a lóval hátrafelé léptetni. A másik hétvégére elkészültek a fegyverek, a ruhák, a csizmák, sőt a páncéling is. Sen csináltatott mindenkinek egy olyan fejvédőt, ami eltakarta az arcukat is és belül bevonatta olyan anyaggal, amiből a páncéling készült, így nem látták rajtuk, hogy kicsodák.

Több olyan dolog is volt, amit még sosem láttak. Vásárolt egy olyan kihúzható csövet, amibe ha belenézett, olyan közelre hozta a távoli tárgyakat, embereket, mintha csak előtte lennének. Ez volt a látcső. Azon kívül még egy térképet is beszerzett, ami mind a négy – az Északi, a Keleti, a Déli és a Nyugati – királyság rajta volt kicsiben, a nagyobb fontosabb városokkal együtt, valamint a tengerek, folyók is.

Este összehívta embereit egy megbeszélésre.

– Most, hogy van már lovunk, fegyvereink és jócskán maradt pénzünk is, el kell dönteni, hogyan tovább. Váljunk szét és ki-ki járja a maga útját, vagy maradjunk együtt? Mi – vagyis én, Sid, Hork, Dar és vagy öten – az Északi királyság felé megyünk, hisz' onnan származunk. Talán megtudunk valamit a múltunkról, kik is voltunk azelőtt.

– Maradjunk együtt mind. Együtt erősek vagyunk, külön-külön ismét csak rabszolgák leszünk. Előbb-utóbb meglátják a jelünket, feljelentenek és elkapnak, azután vagy visszavisznek a gazdához, vagy ott helyben lefejeznek. Így, ahogy most vagyunk, egy ütőképes, erős csapat, nem könnyű minket legyőzni. Északon nincs rabszolgaság, de háborúk dúlnak, azt mondta itt a városvezető. Ha sikerül csatlakozni egy nagyúrhoz vagy lovaghoz, akkor harci tudományunkkal, bátorságunkkal ki tudjuk vívni a megbecsülést. Ha ott csatát nyersz, egy fél birtokot vagy kastélyt kapsz ajándékba, és sok pénzt.

– Ha jöttök, én vezetlek benneteket – mondta Sen.

– Jövünk, jövünk! – kiáltották.

– De van egy kikötésem: feltétel nélküli engedelmességet várok mindenkitől. Aki ezt megszegi vagy megszökik, az ítélete halál.

Kicsit csend lett.

– Úgy legyen, úgy legyen, te vagy a vezérünk!

Sent már régóta tisztelték – tudták, milyen kegyetlen, vad, kíméletlen harcos, aki habozás nélkül öl, ám segítőkész volt, s modora megnyerő.

– A jelszavunk az lesz: „Egymásért!".

Odahivatta a városka vezetőjét.

– Hol az a lovászfiú, aki mindig itt körülöttünk dolgozott?

– Mindjárt küldöm.

A fiú olyan 20 év körüli volt.

– Hívatott, nagyuram?

– Úgy látom, te értesz a lovakhoz. Szeretném, ha velünk jönnél kísérőnek. A tartalék lovakkal kellene foglalkozni, és éjszaka ellátni őket. Kapsz te is egy lovat, és jössz velünk.

– Szívesen mennék, de ebből a kevés pénzből, amit keresek, tartom el az anyámat.

– Akarsz jönni?

– Hát igen, szeretnék!

Sen a fiúhoz lépett, akit Yikának hívtak s a markába nyomott három aranypénzt.

– Ezt add oda édesanyádnak, ebből sokáig megél, valamint válassz ki három lovat teherhordásra, és egyet magadnak. Mutasd meg őket az intézőnek, a többit elintézzük.

Yika kiválasztott három erős lovat, valamint amin eddig lovagolt. Összekötötte mind a négyet, s odahajtotta őket Sen elé.

Épp jött a gazda is.

– Ezek még kellenének, megveszem őket.

– Hat arany – szólt a gazda.

– Kellenének még vizeskorsók, élelem számunkra és a lovak számára.

Mindent megkaptak egy órán belül. Mikor mindent összeszedtek, megkezdték a felpakolást a lovakra. Felnyergelték őket a speciálisan kialakított nyergekkel, amelyeken volt egy hüvely, ahová a tartalék kard volt becsúsztatva, valamint több zárt kis rekesz, ahova a pénzt rakták.

– Készen vagytok? Indulunk!

Mikor Yika elbúcsúzott anyjától, odaadta neki a három aranyat, majd a lovascsapat az Északi királyság felé vette az útját, de ezt csak ők tudták egyedül. Négy nap múlva kitértek az erdős, füves területről és egy barátságtalan vidék fogadta őket: végtelen, homokos pusztaság és nagy meleg.

– Ez a sivatag – szólt Yika. – Ezt a területet ember, állat kerüli, mert vizet nem lehet találni, nagyon sokan veszítik itt az életüket.

– Akkor hogyan kelnek át?

– Nagy karavánokkal. Nagyon sok vizet és élelmet visznek magukkal.

Sen a szeméhez vette messzelatóját és elkezdte vele pásztázni a területet.

– Itt tényleg csak homok van. És arra lejjebb… Szent Isten, ott csata folyik! Valami furcsa állatok állnak körben, hátukon egy vagy két nagy púp van.

– Azok tevék vagy dromedárok.

– Kapitány, segítünk nekik?

Sent így nevezték emberei.

– Messze vannak, olyan félnapi járásra. Mire odaérnénk, leölik őket.

– Már vége is a harcnak. A furcsa állatokat nem bántották, elvezetik őket, az áldozatokat egy dűne mögé hordják és homokkal betemetik. Eltüntetnek minden nyomot, majd felvonulnak a nagy domb fedezékébe, de már nem is látom őket. Ezek sivatagi rablók, abból élnek, hogy kifosztják a karavánokat – szólt Ika.

– Mik azok a karavánok? – kérdezte az egyik harcos.

– Innen, keletről élelmet, szőtteseket, ruhákat, dísztárgyakat, olajokat, fűszereket és még nagyon sok mást szállítanak az északi és nyugati királyságba, cserébe pénzt, állatokat kapnak.

Sen elgondolkodott.

– Bevárunk egy karavánt, ami észak felé megy, és csatlakozunk hozzájuk.

– Rendben – bólintottak a többiek.

Lepakoltak. Itt még folyt egy kis patakocska; épp a sivatag peremén voltak.

– De nagy terület, én még a végét sem látom – szólt Sid.

– Pedig valahol csak vége van – jegyezte meg Sen.

Nemsokára kiadta a parancsot: mindenki lóra!

– Most gyakoroljuk a támadási módszerünket, ha jelt adok.

Rajzolni kezdett a homokba.

– Ilyen ék alakzatban fogunk támadni, egymástól nagyjából két méterre legyetek. Ahogy így nyomjuk szét az ellenfelet, a hátul lévő le tudja azokat vágni és csak a külsővel kell foglalkozni, mert belülről így nem ér támadás.

Ez a próbálgatás egész délután eltartott, a végén már egész jól ment. Ha jobban összezártak, gyorsabbak lettek, szélesebb alakzatban lassabban tudnak harcolni. Reggel Yika izgatottan keltegette Sent.

– Nagyuram, nagyuram!

– Jól van, fent vagyok!

– Jön egy karaván! Elég nagynak látszik.

– Felkelni, harcra felkészülni!

A többiek tudták, mit jelent ez: páncélingüket is felhúzták, fegyvereiket felcsatolták, felnyergeltek, és vártak az indulásra.

– Fiú, te itt maradsz a málhás lovakkal együtt.

Yika bólintott. Olyan fél óra járásra lehetett a karaván. Sok teve, ló, és egy még furcsább állatot is láttak: hatalmas, szürke élőlények, nagy, szétálló fülekkel, hosszú orral, és a szájukból kinyúló két hatalmas foggal.

Ék alakzatban, lassan megindultak feléjük. Amint a karaván tagjai meglátták a csapatokat, megálltak és kört képeztek kocsijaikkal és állataikkal. Mikor már kellő közelségben voltak, Sen megálljt intett. Egyenes sorba fejlődtek.

– Odamegyek, beszélek velük. Míg nem jelzek, ne gyertek oda.

Lassan odalépett a karavánhoz

– A vezetővel szeretnék beszélni

Előlépett egy nagy turbános kisöreg.

– Mi a szándékotok? Miben tudunk nektek segíteni?

– Az Északi királyság felé haladunk, azt szeretnénk elérni, de nem nagyon ismerjük ezt a vidéket. Megengednétek, hogy csatlakozzunk hozzátok?

– Az a baj, hogy a vízkészletünk már kiapadóban van, nem tudunk nektek adni belőle.

– Az nem probléma, mert ennek a dombnak a túloldalán van egy kis patak.

A vezető ennek a hírnek nagyon megörült és nyomban utasítást adott embereinek, menjenek oda és töltsék fel a készleteket.

– Hová mentek?

– Volk városába kell mennünk, a gazdánk oda irányított bennünket. Ő hajóval megy, minket így küldött; azt mondta, ez az út a próbatétel. Ha sikerül teljesíteni, akkor igazi testőrök leszünk.

– Tudom, hol van. Volkot hajós népek és kereskedők lakják.

– Mondd csak, az milyen állat?

– Az elefánt.

– Milyen hosszú foga van! Hogy tud így rágni?

– Az a fegyvere, azzal nem rág. A nagy melegben meg legyezi magát a füleivel, ha nagyon melege van.

– Furcsa egy állat, az biztos.

– A karaván Tandi basáé, itt van három feleségével és öt lányával ott, hátul, azon a három díszes tevén. Mindjárt beszélek is vele, hogy jöhettek-e velünk.

A basa magához kérette a kapitányt, Sen bemutatkozott.

– Tehát velünk szeretnétek jönni. És meg tudjátok fizetni az útdíjat?

– Egészen biztosan. Ha támadás ér, megvédünk benneteket.

– Van ötven jó fegyveresem, azok meg tudnak védeni, de megköszönöm a felajánlásodat, majd még átgondolom. Jól van, megengedem, hogy úgy kétszáz méterre kövessétek a karavánt.

Ahogy Sen megfordult lovával, a másik tevén két gyönyörű lányt vett észre. Csodaszépek voltak.

Visszalovagolt embereihez.

– Ez nem bízik bennünk. Csak kétszáz méter lemaradással követhetjük őket és nem mehetünk közéjük sem, viszont pont oda tartanak, ahova mi is menni akarunk.

A karaván elindult. Mielőtt ők is elindultak volna, Sen utasításokat adott ki:

– A fiú a lovakkal legvégére, a többiek kettes sorba. Páncélingeket felhúzni, és a sisakokat is. Szerintem őket is megtámadják majd ugyanott, ahol a másik karavánt.

– Nem mondtad el neki? – kérdezte Sid.

– Nem. Elég kimérten és megalázóan beszélt velem, majd meglátjuk, szükség lesz-e a segítségünkre.

A domb mögül lovasok jelentek meg, s egyenesen oldalba kapták a karavánt. Már nem volt idő körbeállni, hogy úgy tudjanak védekezni. A banditák sokan voltak, a basa emberei nem tudták feltartani őket, hiszen nem katonák voltak, hanem földművesek, kertészek, állattartók, parasztok, akik néha elszerződtek ilyen utakra.

Sen lassan megközelítette harcosaival karavánt. Már nagyon sokan meghaltak, a maradék körülbelül három tucat ember a basát és családját vette körül.

Sen elkiáltotta magát:

– Abbahagyni! Minden harcot beszüntetni!

Hangja mennydörgött, mindenki megdermedt.

– Ki vagy te? – kérdezte a banditák vezére.

– Az nem lényeges. Alkut ajánlok neked, egy fogadást.

A bandavezér intett embereinek, akik egy csapatba verődtek, s a harcnak vége lett egyelőre.

– És mi lenne a fogadás?

– Egy párbaj.

– Hogy gondolod?

– Kiválasztasz tízet az embereid közül, és én egyedül kiállok velük.

Nagy hahotázás tört ki.

– Mi van, meguntad az életedet?

– Ha ti győztök, kifosztjátok a karavánt, mindent elvisztek, de az emberek életét megkímélitek. Ha én győzök, minden harmadik embered meghal, a többiek elmehetnek.

– Ez egy őrült fogadás, de nekem tetszik – szólt a bandavezér.

– Én ebbe nem megyek bele! – szól a basa.

– Téged nem is kérdezett senki!

A bandavezér félrevonult és kiválasztott tíz banditát.

Sen emberei leszálltak a lovakról és körülvették őt.

– Jól meggondoltad? – kérdezte Sid. – Tudom, hogy gyors vagy, de ez mégiscsak tíz ember.

– Tíz halott ember. Ne aggódjatok. Egyre figyeljetek: a kintiek közül nehogy valaki hátba támadjon.

Mostanra a kiválasztott tíz bandita már ott állt.

Sen is odaindult.

– Egy húsz méteres körön kívül legyen mindenki, aki nem küzd.

Előhozta két kardját, kétszer összecsapta a feje fölött, és megkezdődött a küzdelem. Gyors futásba kezdett, feléjük ugrott nagy szaltóval, és kettőnek már el is vágta a torkát. Ezután kettőnek a hátába szúrt, majd kissé lehajolva felvágta a hasát a két banditának, belük kibuggyant. A következőt szemből érte a halál, felemelte kardját, de lesújtani már nem tudott vele, mert Sen átszúrta a torkát. Megfordulva a felé repülő lándzsát kitérítette és keresztülszúrta a bandita szívét. A másik kettő menekülőre fogta, de Sen mindkét kardját egyszerre eldobva megölte őket is. Mindenki döbbenten figyelt.

– Ilyet még életemben nem láttam! – szólalt meg a bandavezér. – Te nem is ember vagy, hanem a sátán cimborája.

– Az is lehet, ki tudja – válaszolt Sen a haramiának. – Állítsd embereidet sorba, és minden harmadik térdeljen le.

Nagy morajlás hallatszott.

– Ha nem teljesítitek, az embereim megölnek benneteket, mint az állatokat. Hogy egyszerűbb legyen, magassági sorrendben térdeljenek le.

Nem mertek ellenkezni, felsorakoztak, minden harmadik letérdelt. Sen végigsétált és elvágta a torkukat, szörnyű látvány volt.

– A halottak lovai itt maradnak, ti elmehettek.

A bandavezér megfordította a lovát és megmaradt embereivel elvágtatott oda, ahonnan jöttek, a domb mögé. Nagy volt a káosz: szanaszét hullák és döglött lovak hevertek.

A basa odaszólt Sennek:

– Temessétek el a hullákat, és pótoljátok a megölt kíséretem tagjait!

– Te nekem nem parancsolsz, örülj, hogy megmentettem a szaros életedet, és a lányaidét is. Az embereim nem sírásók, és ha még egyszer parancsot mersz adni nekem, levágom a fejed, megértetted? Ezután csak megkérhetsz, ha valamit közölni szeretnél velem.

A basa szörnyen mérges lett. Így még senki sem beszélt vele, de nem mert ellenkezni, mert látta Sen képességeit. Nagy tudású harcos, és biztosan be is váltaná az ígéretét.

Letáboroztak, elkezdték a halottak temetését, pompás sátort állítottak fel a basa kíséretének. Sen odalépett az uralkodóhoz. Már nem volt rajta sisakja, sem pedig a páncéling. Fekete csizmája, bőrnadrágja és a hátára csatolt kardok voltak az öltözéke. A basa nézte erős, magas testét, acélos izmait és a testét borító megannyi sebet, heget.

– Ezek biztosan fájhattak.

– Igen, de nem vettem róluk tudomást.

– Sok emberrel végeztél már?

– Nem számoltam őket, de közel van az ezerhez.

A basa megrettent; ennyire nem számított.

– Bemutathatom a családomat?

Sen követte. Rengeteg fátyol és függöny volt mindenütt, a földön szőnyeg leterítve és azon kisebb-nagyobb párnák, rajtuk pedig a feleségek és a lányok. Ritkán láttak férfit és meglepődtek, mikor apjuk behozta Sent. Most már nem úgy bánt vele a basa, mint egy szolgával, inkább mintha vendég lett volna – meg félt is tőle.

– Álljatok fel! Bemutatom Sen kapitányt, ő mentette meg csapatával az életünket. A három feleségem: Sino, Kádo, Róni. A lányaim: Tella, Kóra, Ami, Dena, Bizi.

Dena és Bizi még kisebbek voltak, Tella és Ami már szép, felnőtt nők, Kóra pedig valamivel idősebb náluk. Neki már férje is volt, de egy ütközetben életét vesztette, így Kóra visszakerült az apjához.

– Foglalj helyet! – szólt a basa, és egy nagy párnára mutatott. Sen leült. A nyolc nő nem tudta róla levenni a szemét; az őket körülvevő férfiak teljesen másképp néztek ki. Alacsonyabbak voltak, és a bőrük is sötétebb volt, így elkápráztatta őket Sen izmos, erős teste, hosszú, szőkésbarna haja és kék szeme. Sen törte meg a csendet.

– Köszönöm, hogy látogatásommal megtisztelhetem a hölgyeket.

– Hol született, honnan került ide? – kérdezte Ami nagy érdeklődéssel.

– Valahonnan az Északi királyságból. Keletre küldtek tanulni, most akarunk a csapatommal visszatérni.

Sokáig beszélgettek. Sennek sokszor kitérő választ kellett adnia, nem akarva, hogy rájöjjenek, valójában kik ők. Azután a fiú hirtelen felugrott, s kardjával Ami felé sújtott. Mindenkiben meghűlt a vér. Egy skorpiót vágott ketté, kardja hegyére szúrta, majd felmutatta.

– Ettől már nem kell félni, de legyetek óvatosak, több is van belőle.

A basa átvizsgáltatta a területet, mindenki elhagyta a nagy sátrat. Ami Sen mellé lépett.

– Köszönöm, hogy megmentetted az életemet.

– Ugyan, ez természetes. Egyeseket megmentek, másokat megölök.

– Ezt hogy érted?

– Úgy, hogy egy gladiátoriskolában nevelkedtem fel, ahol sűrűn aratott a halál.

– De te életben maradtál.

– Igen, mert én lettem a legjobb. Látod ezt a sok sebet a testemen?

Ami odalépett, és kedvesen megsimogatta Sen sebeit.

– Nem fájnak?

– Ha egy ilyen gyönyörű lány simogatja, akkor nem.

Kádó szólt a basának, hogy hívja vissza a lányát, mert már jó messze elsétáltak az idegennel.

– Hagyd őket, sehol sem lehetne nagyobb biztonságban a lányunk, mint mellette.

Aminak nagyon megtetszett Sen; egészen más volt, mint az itteni férfiak. Sokat mesélt a fiatalkoráról, hol nőtt fel, a csodás palotájukról.

– És miért vállalkoztatok ilyen veszélyes útra? Nem lett volna jobb otthon maradnotok?

– Tudod, apám megegyezett egy északi lorddal, hogy hozzáadja feleségül Tellát, és az egész család elkíséri. Meg reménykedik, hogy Kórának is talál férjet… ő már volt férjnél, de meghalt a férje egy csatában. Talán valami hivatalnokféle vagy nagyúr elveszi, apám gazdag hozományt ad mellé.

Ami szemrevalóbb teremtés volt a többieknél. Kicsit magasabb, szép, vékony alakja volt és barna, hosszú haja, nem fekete, mint a többieknek.

Sennel sokáig sétáltak és már visszafele tartottak, mikor egy homokdomb mögül furcsa állat szaladt feléjük.

– Egy sivatagi oroszlán, most végünk! – rogyott térdre Ami.

Az oroszlán megtorpant, mert ilyet még nem tapasztalt, hogy a préda támad rá.

Sen ugyanis meglódult az oroszlán felé, és két kardját annak szügyébe vágta. Az állat felordított, megpróbált felállni, de nem sikerült neki: mindkét kard pengéje mélyen befúródott a mellkasába. Még egy nagyot ordított – talán ezzel köszönt el a világtól – és kimúlt. Sen odalépett, közben megérkeztek a harcostársai is; nem tudták elképzelni, mi volt ez a nagy ordítás. Kihúzta az oroszlánból a kardokat, és a vért az állat sörényébe törölte.

– Mi van, már állatokra is vadászol, nem csak emberekre? – viccelődött Sid.

Odaért a basa kísérete, és döbbenten nézték a lánytól öt méterre fekvő oroszlántetemet.

– Biztosan sokkot kapott – mondták a basának, aki követte őket.

Ami szorosan átölelte Sent, és ahogy tudott, odahajolt hozzá.

– Ma már másodszor mentetted meg az életemet.

– Nem csak te voltál veszélyben, hanem én is. Különben ez nekem csak gyakorlás volt, nem nagy ügy. Kérdezd csak meg apádat, nemrég tíz banditával küzdöttem meg. Az már valami volt.

– És mi lett a küzdelem vége?

– Megöltem mind a tízet.

Sen bevitte Amit a sátorba, és lefektette az egyik nagy vánkosra. Mielőtt fel tudott volna egyenesedni, fejét Ami magához húzta, és megcsókolta a száját. Sen meglepődött; ilyen még nem történt vele, hogy egy nő megcsókolta volna. Aldával csak jó barátok voltak, idáig nem jutottak el, de nagyon jólesett neki.

Felállt, megfordult és kivonult a sátorból, ahol a lányt anyja és testvérei vették körül, hogy elmesélje a történteket.

A basa megállította Sent.

– Kérhetek tőled valamit?

– Hát persze!

– Megkaphatnám az oroszlánt? Nagyon szép ágyelő lenne belőle.

– Vegye úgy, hogy már az öné is.

Azzal embereihez lépett, hogy tanácskozzanak a további teendőkről, hogyan bonyolítsák le az utazás további részét.

– Sid vezeti a karavánt, ő megy elöl tíz általa választott harcossal. Hatan középen leszünk, kilencen készenlétben, hátul pedig Peer vezetése alatt véditek a karavánt. A páncélinget mindenki húzza fel, a sisak meg legyen a kezetek ügyében. Ha bármely irányból támadna az ellenfél, arra a területre csoportosulunk át és nem védekezünk, hanem U formában, ék alakzatban támadunk. A támadást én vezetem, vagy Sid. Megértettétek?

Mindenki bólintott.

Mindenki tisztelte Sent, mert barátságos és megértő volt mindannyiukkal szemben, de féltek is tőle; tudták, milyen kegyetlen és vad harcos, aki nem ismer kegyelmet.

Reggel indultak, úgy történt minden, ahogy Sen előző nap elmondta nekik.

Sen megbeszélte a basával, hogy az ő embereit is neki kellene irányítania, mert egy esetleges támadás esetén jobb, ha egy ember irányít mindenkit.

A basa elfogadta Sen tanácsát és utasította embereit, hogy Sen minden utasítását tartsák be.

Sen ott lovagolt, ahol a tevék, amik a basa családját szállították. Ami szólt apjának, hogy ő inkább lovagolna egy kicsit. Apja beleegyezett. A lány rögtön oda is nyargalt Sen mellé.

– Üdvözöllek, bátor megmentőm!

– Szintén, üdvözöllek, Ami úrnő! Nem kényelmesebb ott fent a tevéken?

– Nekem ez így jobb. Szeretném megkérdezni tőled, hogy tudsz-e valamit a szüleidről, hisz' ahogy hallottam, már kiskorodban elkerültél tőlük.

– Szinte semmit, ezért akarok eljutni Volk városába, mert bízom benne, hogy valami megfelelő információt kapok majd.

Öt nap múlva a távolban nagy porfelhőt láttak. Hiába erőltették a szemüket, nem láttak semmit. Sen ekkor elővette távcsövet és belenézett. Egy lovascsapat közeledett, nem voltak kevesen. Megmutatta a basának is.

– Badinok, végünk – mondta az szomorúan.

– Kik ők? – kérdi Sen.

– Az Északi és a Keleti királyság közti területet uralják, fosztogatásból, rablásból és rabszolgakereskedelemből élnek. A karvánokat kifosztják, majd akik életben maradnak, azokat eladják rabszolgának. Ha valaki gazdagabb, a családjától váltságdíjat követelnek.

Sen összehívta embereit. Elmondta nekik, hogy rabszolga-
kereskedőkkel kell megküzdeniük – ez valamennyiüket feltü-
zelte. Odanyargalt a basához és közölte vele:

– Mi ék alakzatban fogunk támadni, nem várjuk meg, míg
ideérnek. A szolgák itt maradnak magukkal. Aki netán átcsú-
szik az alakzaton, azt nyomban megölik.

Ezt elmondta a basa embereinek is.

Felhúzták sisakjukat és megindultak az ellenség felé, a többi-
ek vagy lovon vagy gyalog követték őket. A támadó badinok igen-
csak meglepődtek, mikor meglátták, hogy a szokásos védekező
beállás helyett megtámadják őket. Még le is lassítottak. Sen csa-
pata villámként csapódott az ellenség közé, a harcosok két kard-
jukkal csak úgy aprították az ellenfelet. Kegyetlen harc zajlott;
akik átjutottak az alakzaton, azokat a basa emberei ölték meg.

Két óra múlva a badinok csapata megsemmisült, csak páran
tudtak lovon elmenekülni előlük. A basa emberei közül öt ele-
sett, Senék három lovukat veszítették el. Kis idő múlva a basa
karavánja is odaért.

– Szeretnénk az embereimmel együtt megmosakodni, le-
mosni magunkról a vért.

A basa intett a szolgáknak, azok levettek az egyik tevéről
egy nagy dézsát és megtöltötték vízzel. Sen eközben a lovához
lépett, s látta, hogy vérzik az egyik mellső lába. Megnézte, és
szólt a gyógyítónak.

– Varrd össze a lovam sebét, mert elvérzik.

– Én embereket gyógyítok, nem állatokat.

Sen mérges lett, kihúzta vértől csöpögő kardját, és a gyógyí-
tó torkához szegezte.

– Vagy megcsinálod, vagy azonnal elvágom a torkodat.

Ekkor valaki megfogta a kezét. Odafordult, és Ami volt mellette.

– Majd én megcsinálom. Nagyon szépen tudok varrni, mind-
járt hozok tűt és cérnát is.

Sen fogta lovának a fejét, Ami pedig elkezdte összevarrni a
vágásnyomot.

Tizenöt öltéssel varrta össze, a ló pedig – mintha megérezte
volna, hogy segíteni próbálnak neki – végig meg sem mozdult.

A többi harcos a dézsa körül mosta le magáról a piszkot és vért. Ami megjelent Sen mellett egy lavór vízzel és egy szivaccsal.

– Az mi? – mutatott Sen a szivacsra.

– Ez, amíg élt, egy tengeri állat volt. Úgy hívják, hogy szivacs. Megengeded, hogy lemossalak?

– Ha akarod, nincs ellene kifogásom.

Sen levetkőzött, csak csizmája és nadrágja maradt rajta. Ami elkezdte lemosni véres testét és arcát.

A lány anyja szólt a basának.

– Miért engeded ezt meg? Ami nem szolga!

– Ez a legkevesebb, amit megtehet, hisz' Sennek és harcosainak köszönhetjük, hogy még élünk, vagy nem lettünk rabszolgák. Nem is baj, ha egy kicsit összemelegednek, legalább addig ő is meg a csapata is itt lesz mellettünk.

Sen csak állt ott, miközben a lány mosta, aki némelykor átölelte, hogy jobban hozzáférhessen, vagy a nyakába csimpaszkodott. Sen is boldogan átölelte volna, hisz' egyre jobban megkedvelte Amit, és már régebben érezte, hogy a lány is kedveli őt. Felemelte a kezét és átfogta Ami nyakát karjaival.

– Így jobban hozzám férsz.

Ami átfogta Shen derekát és úgy tett, mintha mosná, pedig csak lágyan átölelték egymást.

– Ilyen tisztítást kérek én is – lépett oda hozzájuk Sid.

– Ha végzek, téged is lemoshatlak – szólt Ami.

– Köszönöm, én már túl vagyok rajta.

Ami hirtelen elsápadt, még a szivacs is kiesett a kezéből.

– Mi a baj? – kérdi Sen.

– A karod.

– Mi van a karommal?

– Az a jel... ilyet a rabszolgákra szoktak rásütni.

Sen megfogta a lány karját és azt mondta neki:

– Gyere velem egy kicsit félre, mindent elmondok.

Félrevonultak, leültek az elefánt háta mögé, ott nem is látta őket senki. Sen elmondott mindent Aminak, aki néha könnyes szemmel hallgatta a történeteket, majd a végén megkérdezte:

– És mi lesz a hercegnővel?

– Oda nem térhetek vissza, ott csak ismét rabszolga lennék, hisz' aki fel akart szabadítani, az már halott – mondta, és lehajtotta fejét.

Ami hozzáhajolt, és hosszan megcsókolta. Sen nem tiltakozott; sokáig ölelték, csókolták egymást, míg a vacsorát jelző csengő meg nem szólalt. Még ettek, mikor lódobogás hallatszott. Gyorsan felálltak, de csak a basa emberei voltak, akiket a csata után küldött ki, hogy derítsék fel a környezetet, nem várakozik-e rájuk más veszély is.

A felderítők jó hírrel tértek vissza: a nagy homokdűne mögött vége a sivatagnak. Ott füves mezők, nagy kiterjedésű erdők, és folyók, kisebb tavak vannak. Ott kezdődik az Északi királyság. Sen összehívja harcostársait.

– Van egy jó hírem. Holnap átkelünk az Északi királyság határán. Holnaptól mindannyian szabad emberek leszünk. Habár a billogvas nyoma mindörökre a karunkon marad, szívünk és lelkünk végre szabad lesz.

Reggel nagy örömmel és lelkesedéssel indultak el. Délutánra egy tavacska szélén, az erdő előtt ütötték fel a sátrakat a basa emberei. A basa Sen csapatának is adott három sátrat, hogy kényelmesebben el tudjanak helyezkedni, és közölte velük, hogy háromnapos pihenőt rendel el. Az állatoknak is tetszett ez a vidék: a lovak és a tevék már órák óta ott ittak a parton, s az elefánt is bement majd' a tavacska közepéig, és ott fröcskölte magára a vizet az ormányával.

Sen és csapata a basa sátrától olyan ötven méterre állították fel sajátjaikat, egymás mellé a hármat. Az elsőben kapott helyet Sen, Sid és Peer, A többiben pedig megosztva a többi harcos – de volt, aki a szabad ég alatt aludt. Az állatokat lejjebb, közvetlen az erdő szélén helyezték el, hogy árnyékos, védett helyen legyenek. Sen szólt embereinek, hogy elmegy, felderíti a területet, három-négy óra múlva visszatér.

A basa sátrában Ami ugyanezt tette. Mondta apjának, hogy kicsit szaladgálna a virágos mezőn, meg körülnézne. Apja szó nélkül elengedte. Beljebb, az erdőben találkoztak. Ami Sen nyakába ugrott és megcsókolta. Sen is szorosan átölelte, majd kézen fogva sétálni kezdtek. Már vagy egy órája sétáltak, mikor is egy erdei tisztásra értek. A tisztás és az erdő széle között egy kis tavacska keletkezett: a belefolyó erdei patak vizét elzárta egy szikla.

– Fürödjünk meg – szólt Ami, és levette ruháit.

Sen is ugyanezt tette. Bement a vízbe, összeölelkeztek és csókolózni kezdtek.

– Tudod, én még nem voltam más nővel.

– Én sem voltam még férfival, de téged nagyon megszerettelek – vallotta be Ami.

– Alig várom mindennap, hogy újra láthassalak és a közeledben lehessek.

Újra összeölelkeztek. A másnap is így telt el; megint felkeresték kis rejtekhelyüket. Sen beleszeretett Amiba, és be is vallotta neki. A zöld szalagot, amit a hercegnőtől kapott, egy faágra kötötte és az erdőben hagyta. A harmadik nap reggelén Sent megcsípte egy pók. Ugyan menten agyoncsapta, de nem sokkal később rosszul lett és ágynak esett. Kiverte a víz, az egész teste remegett. Sid rögtön a basához sietett, az pedig szólt a gyógyítónak, és Sen sátrába siettek. A gyógyító megkérdezte, mi történt, mire Sid a földön fekvő pókra mutatott. A gyógyító egy üvegpohárba tette és megvizsgálta – színe és mintázata azonnal elárulta.

– Ez egy vándorpók-fajta, a csípése halálos is lehet. Attól függ, mennyi méreg jutott be a szervezetbe, és az elég erős-e, hogy feldolgozza.

– Mit lehet ellene tenni? – kérdezte Sid.

– Ez a folyamat nagy lázzal jár. Három-négy napig hidegvizes lepedőbe kell csavarni a beteget, hogy levigye a lázat. Ha túléli, akkor életben marad, mást nem tehetünk.

Mindketten távoztak. Sid közölte társaival a rossz hírt, mindenki nagyon elszomorodott. Sid két őrt állíttatott a sátor elé és közölte, hogy az ő vagy Peer engedélye nélkül senki sem léphet be a sátorba, főleg ha ők nincsenek ott. Négyóránként váltják majd egymást.

Ami testvéreivel beszélgetett, már készült a délutáni találkára. Mikor a basa visszatért, nagyon letörtnek látszott. Shinó, a felesége meg is kérdezte:

– Történt valami, hogy ilyen szomorú vagy?

– Igen, a kapitányt megcsípte egy mérges pók, lehet, hogy meg fog halni.

Amit mintha villám sújtotta volna, egy darabig meg sem tudott mozdulni, majd kiszaladt a sátorból, egyenesen Sen sátra felé.

– Hova rohansz? – kiáltott utána az anyja.

– Hagyd, hadd menjen, hisz' ő is megkedvelte a kapitányt. Lehet, hogy utoljára látja.

Amit a két őr nem engedte be a sátorba.

– Akkor szóljatok neki.

Ekkor szétnyílt a sátor ajtaja és Sid lépett ki könnyes szemmel. Megfogta Ami kezét, és bevezetteb a lányt a sátorba. Sen vizes lepedőbe volt csavarba, már nem volt eszméleténél, szeme csukva. Sid egy hidegvizes kendőt nyomott Ami kezébe.

– Ezzel kell a homlokát és az arcát törölgetni.

Megfordult, Amit otthagyta és kisietett a sátorból. Leült a tavacska partjára és sírni kezdett.

– Nem igaz, hogy most, mikor szabadok lettünk végre és megkereshetnék szüleinket, most kell elveszítem Sent, akivel annyi meg annyi viszontagságos csatát és megaláztatást éltünk át.

Arcát két kezébe fogta és tovább zokogott.

Peer utasította két társát, hogy a közeli patak forrásától hozzanak hideg vizet, hogy Sen felforrósodott testét le tudják hűteni. Társai szó nélkül és gyorsan végrehajtották parancsát.

– Csak szólj, ha víz kell, parancs nélkül is megcsináljuk. A kapitányért mindent megteszünk.

Később a sátorhoz ért a basa és a gyógyító is, az őr szólt Sidnek, aki még mindig a tavacska szélén ült. Felkelt, és bementek a sátorba. A gyógyító megnézte Shent, a homlokára tette kezét és közölte:

– Még mindig elég meleg, folyamatosan borogatni kell hideg vizes kendővel.

Mikor távoztak, a basa odaszólt lányának:

– Ha beesteledik, lányom, térj haza.

Ami bólintott, és tovább borogata Sen homlokát. Estefelé hazatért. Sent barátja, Sid ápolta tovább. Reggel már kinyitotta a szemét, de beszélni még nem tudott.

Sid és Peer álltak mellette. Shen körülnézett a sátorban.

– Ő is itt volt tegnap egészen estig, de vissza kellett térnie a szálláshelyükre.

Peer megfogta a fejét:

– Már nem olyan lázas. Úgy látszik, a szervezete legyőzte a mérget, de a teste még küzd ellene.

Sen lassan felemelte a kezét és a szájára mutatott.

– Éhes vagy?

Sen a fejét rázta.

– Szomjas?

Sen bólint.

Sid fogott egy poharat és megitatta. Sen nagy erőfeszítést téve felült.

– A kardokat is felcsatolhatod – viccelődiött Sid. – Pedig tegnap már elsirattalak. Az nem lehet, hogy egy ilyen nagy harcos, mint te, egy pókcsípéstől haljon meg.

Sen szája ki volt cserepesedve, szeme bevörösödve. A láz lassan elhagyta testét, ám amikor beszélni próbált, nem jött szó a szájára.

Belépett az őr, a basa, a gyógyító, meg a lány. Sid eléjük ment és bekísérte őket.

– Na látom, már jobban vagy. A gyógyító újból megvizsgál.

Odalépett hozzá, megnézte szemeit, kinyújtatta vele a nyelvét, meghallgatta a szívverését és ellenőrizte a pulzusát.

– A méreg még benned van, de lassan távozik ki a szervezetedből. Körülbelül még három nap, hogy lábra tudj állni, még négy, hogy felülhess a lóra – közölte diagnózisát a gyógyító.

– Mi sajnos addig nem várhatunk, mert indulnunk kell, hogy elérjük úti célunkat, Wurdó lordságát. A térképen bejelöltem mindegyik helységet, hogy odatalálj. Wurdó a tengerparton fekszik, az Északi királyság déli részén. Az úti célotok, Volk pedig fent, az Északi királyság tengerpartján. Ha továbbra is velünk akarnál tartani, azon a helyen leszünk három hónapig, utána visszatérünk hajóval a Keleti királyság fővárosába, a palotánkba. Téged és csapatodat mindig szívesen látlak. Most búcsúzom, Sen kapitány. Ezt fogadd el tőlem – rakott le az asztalra két zacskót. Az egyiket a bátorságodért adom, hogy a lányomat kétszer is megmentetted, a másikat pedig egész karavánom megmentéséért.

Ezzel odalépett Senhez és megölelte, majd megfordult, és a gyógyítóval együtt kilépett a sátorból. Ódaszólt lányának:

– Húsz percet kapsz.

Ami Sid felé nézett:

– Magunkra hagynál bennünket?

Sid kilépett a sátorból. Ami Senhez lépett, átölelte a nyakát és megcsókolta Sen cserepes száját, mely karcolta az övét, de nem zavarta.

– Ígérd meg, hogy utánam jössz és megkeresel! Már csak veled akarok élni, ha kell, még a palotába sem térek vissza, itt élek veled, ha csak egy szegény katona leszel, az sem lesz baj, csak együtt legyünk – mondta, majd sírni kezdett.

Megszólalt a csengő; elindultak. Aminak mennie kellett. Miközben felállt, Sen megfogta a kezét, a szemébe nézett és megszólalt:

– Ami, szeretlek.

– Én is, én is nagyon szeretlek! – Még egyszer megcsókolta, és elhagyta a sátrat.

A basa otthagyta nekik a sátrakat ajándékba, meg még jó néhány fekete lovat. Már alig látszott a távolodó karaván. Sid és Peer szóltak a harcosoknak, hogy gyakoroljanak a mezőn, majd ők is csatlakoztak. A sátor erdő felőli része megmozdult, és egy sötét ruhás, csuklyás alak mászott be, mint egy kígyó. Ott termett Sen ágya mellett és felemelte kezét. Egy hosszú pengéjű tőr volt benne.

– Megöltétek a testvéreimet, most véged! – mondta, és szúrt.

Sen összeszedte miden erejét és kezével elhárította a szúrást, így az a matracba ment. Elkiáltotta magát:

– Sid! Sid!

Az őrök berohannak, rávetették magukat a támadóra, leszorították a földre.

Sid meghallotta a kiáltást, és Peerrel együtt a sátorba rohant kivont karddal.

Ahogy beléptek, megdöbbentek: Sen feje mellett egy tőr állt ki az ágyból, a két őr meg egy embert kötözött épp össze.

– Mi történt? – kérdezte Sid.

– Meg akart ölni, alig tudtam kivédeni – mondta halkan Sen. – Vigyétek ki innen.

Az őrök kivonszolták a férfit a sátor elé. Peer hatalmasat kiáltott:

– Mindenki ide!

A harcosok félkörbe álltak, és Peer megszólalt:

– Ez az ember alattomosan bemászott a sátorba, és meg akarta ölni ezzel a tőrrel a kapitányt, aki szinte alig él, és védekezni sem tudott volna. Ha a két őr nem lép közbe, meg is öli, de nem sikerült a terve. Átadom nektek. Még ne öljétek meg, tudni akarom, kicsoda, honnan jött és ki bérelte fel.

A két őr a kör közepébe lökte a támadót, majd visszaálltak a sátor elé a helyére. Bonó lépett hozzá.

– Ígérem, még azt is elmondod, amit nem akarunk tudni.

– Vágjatok ki egy közepes vastagságú fát. Ti ketten ássatok ide egy méteres lyukat, úgy 50 cm átmérővel. Ti ketten vigyázzatok rá.

Nemsokára hozták is a fát.

– Úgy 4 méternél vágjátok el. Igen, és még kell egy kétméteres darab is. Ha mindez megvan, a hosszabbikat állítsátok a gödörbe, szórjátok bele a földet, a rövidebbet pedig alul keresztben rögzítsétek hozzá.

Bonó Sidhez lépett, hogy megkezdheti-e a kihallgatást. Sid bement Senhez, hogy mi a terve.

– Vigyetek ki ággyal együtt, én is látni akarom.

Sid szólt az őröknek, akik kivitték Sent az ággyal együtt a sátor elé, ahonnan jól lehetett látni. Kezével intett, hogy kezdhetik. Ketten megragadták a merénylőt ruháit és letépték. Lábait terpeszbe állítva az alsó fára állították, és a lábfején át két nagy szöget vertek bele. A merénylő felordított. Két kezét a feje fölé húzták, kifordították mindkét tenyerét és oda is bevertek egy-egy szöget.

– Na, így már eldőlni sem tudsz – szólt Bonó.

Odalépett hozzá, kardjával vékonyan felcsíkozta a hasát majd bekente sóval. A merénylő ordított a fájdalomtól, de az senkit sem hatott meg.

– Ha válaszolsz a kérdésekre, könnyítek a fájdalmadon, ha nem, napokig itt fogsz sínylődni.

– Beszélek, beszélek! A támadó csapatban voltam. Amikor láttuk, hogy vesztésre állunk, a vezetőnk odalépett hozzám és megparancsolta, mindenképpen végezzek a másik csapat vezetőjével. Így hát felhúztam egy halott szolga ruháját, az enyémet meg elrejtettem. Utána már csak az adódó alkalmat vártam, ami most jött el.

Sen magához intette Bonót és valamit a fülébe súgott, majd visszavitette magát a sátorba. Behívta Sidet és Peert. Kérte, hozzák oda a két zacskót, amit a basa hagyott az asztalon. Shen a kezébe vette, kinyitotta, és az ágyra döntötte tartalmát. Tele volt drágakövekkel; volt zöld, sárga, kék, piros, és színtelenül áttetsző.

– Ez egy vagyon, ebből akár egy várost is megvehetünk.

Visszapakolták, következett a másik. Az tele volt arannyal és egy láncos medállal, melyen Ami képe díszelgett. Sen nagyon megörült neki. A többit visszarakták, de a láncot magánál tartotta. Lassan besötétedett. Bonó szólt a többieknek, gyűjtsenek sok száraz fát, hogy jobban lássanak az éjjel. Össze is jött egy nagy kupac, amit az orgyilkos köré rakatott – egy szép nagy máglya alakult ki. Szóltak Sennek, hogy megtörtént, amire utasítást adott. Peer és Sid vállába kapaszkodva kisétált a sátor elé. Emberei megörültek, mikor látták, hogy már tud járni.

– Gyújtsátok meg!

Ekkor négy oldalról meggyújtották a tüzet; pillanatok alatt hatalmas tűzoszlop lángolt előttük. Egy utolsó ordítás hallatszott, és utána csend.

Még négy nap telt el, mire Sen lóra tudott ülni. Összepakoltak, a lovakra rakták a sátrakat. A basától átvett még egy lovászfiút, hogy könnyebben boldoguljanak az állatokkal. Az ötödik nap reggelén elindultak, hogy megkeressék Volk városát. Ellenkező irányba mentek, mint a basa karavánja: ők dél felé mentek, Senék pedig északra. Egy hatalmas síkságon lovagoltak át.

S most értünk el ismét a történet elejéhez, ennyi elég volt, hogy megértsük, a történet hősei hogy kerültek az Északi királyság területére.

Nemsokára egy városkába értek. A városmester fogadta őket, meg úgy hat főnyi katonaság, de ami furcsa volt, hogy nem értették, mit mondanak; más nyelvjárásban beszéltek, mint ők. Venk lovagolt előre Sen mellé.

– Én és Rass értjük őket, mi már felnőtt emberek voltunk, mikor fogságba kerültünk. Egy vard kalózhajón szolgáltunk mind a ketten, utána kerültünk a gladiátorok közé.

Sen közölte velük, hogy élelmet szeretnének meg szállást, hogy kipihenhessék magukat, és a lovaikat is lássák el. Venk lefordította, mire a város mester azt válaszolta, ha van pénzük, akkor minden megoldható. Sen hozzálovagolt, és három aranyat nyomott a markába.

– Ez igen! Kövessenek.

A városka közepén egy magas ház állt, mellette egy nagy istálló. Itt bőven volt hely akár száz embernek is. Sen kibérelte az egész alsó szintet és az istállót. A fogadó tulajdonosa mindent megmutatott nekik – a szobákat, étkezőket, sőt még egy szép nagy fürdő is volt. Sen elégedetten 10 aranyat nyomott a tulaj markába.

– Kérdezd meg, meddig elég ez.

Venk a fogadóshoz lépett és megkérdezte.

– Azt mondja, úgy hat napra.

Sen elosztotta embereit, megmondva mindenkinek, hova kerül és közölte velük, hogy az ő engedélye nélkül nem hagyhatják el a fogadót, és szálláshelyünk előtt mindig két őr álljon, akik négyóránként váltják egymást. Itt fogják megtervezni a további útvonalukat. A városba négyesével menjenek ki, és mindig legyen velük egy tolmács. Mindenki csináltasson magának egy rend utcai ruhát is.

Emberei követték utasításait és akként cselekedtek. Valamennyire Sen és Sid is emlékeztek még erre a nyelvre, nem felejtették el teljesen, és ahogy jártak-keltek a városban, lassan megint megtanulták. Embereinek tetszett ez a hely, ettek-ittak, eljártak szórakozni, fürdési lehetőség is volt, ez nekik, amilyen helyeken megfordultak, maga volt a paradicsom. Sen magához hívatott egy szabót és közölte vele kívánságát.

– Csinálj egy zászlót! Fekete legyen, a közepén egy vörös körben egy vörös háromszög! – Lerajzolta neki, hogy képzeli el.

– Hallottam, van a városban egy olyan iparos, aki páncélingeket készít. Szólnál neki, hogy keressen fel egy óra múlva?

Meg is érkezett. Sen közölte vele: olyan vékony fekete páncélsodrony kellene neki, amit a lovak fejére lehet húzni, s ami a fejet és a nyakat is védi, valamint a szügyüket elöl, és a mellső lábaikat. A mesterrel az istállóba mentek, ahol méretet vettek a lovakról. Az iparos közölte vele, hogy körülbelül 7-8 nap, amíg elkészül.

A szabóval mindenki számára készíttetett egy hosszú, majd' földig érő köpenyt, aminek a hátán szintén az a jelzés volt, mint a zászlón: fekete alapon vörös kör, benne egy háromszög.

Sid kerített egy nyelvtanárt is, aki elvállalta, hogy míg itt vannak, tanítja őket az északiak nyelvére. Már három hete tartózkodtak itt, lassan minden elkészült. Sen este hívatta a fogadóst, hogy számoljon össze minden költséget, mert reggel indulnak. Az iparosokat már kifizette. Rövid idő múlva a fogadós benyújtotta a számlát. Sen közölte vele, hogy úgy három napra való élelmet még csomagoljon el nekik és a lovaik számára.

– Na, így már teljes a számla – nyújtotta át a fogadós Sennek.

– Mit szólna hozzá, ha ezzel fizetnék? – vett elő zsebéből egy sárga színű drágakövet.

A fogadósnak tátva maradt a szája.

– Ez így bőven elég, még sok is.

Sen a markába nyomta és közölte vele, hogy ne zavarja őket senki, mert az embereivel megbeszélést akar folytatni.

– Holnap reggel elindulunk. Volk városa, ahova igyekszünk, az ittieniek szerint úgy háromheti járásra van lovon, ha jól kilépünk. Útközben sok nehézséggel számolhatunk, mert a két király között háború dúl egy bizonyos terület birtoklásáért. Mi

Tamir király területén haladunk át, igyekszünk embereivel és csapataival jó viszonyt kialakítani, nehogy célunk elérésében megakadályozzanak. Ha valakivel indok nélkül összetűzésbe keveredünk, az egész királyságot magunkra haragítjuk.

Reggel elindultak az ország belseje felé. Már egy hete úton voltak, több kis falun, városkán átvezetett az útjuk. Több lovascsapattal és gyalogos katonákkal is találkoztak. Hallották, hogy a Roondi-hegység melletti síkságon akár összecsapni a két királyi sereg, mindenki oda igyekezett. Itt azt mondták, hogy a háború jó üzlet. Találtak egy csendes falucskát egy hegyvonulat alatt, kis patak folyt rajta keresztül. Mikor odaértek, a falugazda fogadta őket. Sen már egész jól visszatanult az északi nyelvjáráshoz, hiszen teljesen el sem felejtette.

– Isten áldja nagyuramékat, mivel szolgálhatunk?

– Szállás kellene az embereim és a lovaink számára.

– Ott lejjebb, a falu szélén van egy üres karám, a lovakat az erre járó katonák már elvitték, és találtok a lovak számára az istállóban élelmet is, az még maradt. Nektek nem nagyon tudunk mit adni, nekünk sincs sok néhány tehénkén és pár disznón kívül, meg tyúkok is vannak.

– Jól van, öreg, vágjatok le egy disznót és pár tyúkot, és süssetek friss kenyeret, meg valami ital is jól jönne.

Ezzel az öreg markába nyomott három aranyat. Az öreg nagyon megörült: ennyi pénzt nem mostanában látott.

– Rögtön intézkedem, addig foglalják el a szálláshelyeket.

A falugazda összehívta a falusiakat, közölte velük a lovasok szándékát és megmutatta nekik az aranyat, aminek mindenki nagyon megörült.

– Ebből akár 15 disznót is vehetünk – mondta az egyik.

Elkezdődött a sütés-főzés, bőséges vacsorát készítettek a harcosoknak, akik jóízűen elfogyasztották a nagyját és nyugovóra tértek, kivéve a két őrszemet, akik harcostársaik szállása fölött őrködtek.

Tőlük távolabb lord Serrin állomásozott közel háromszáz emberével; ők is a csata helyszínére igyekeztek. Egy erdő mellett táboroztak le, sátraikat itt állították fel. Egy felderítő csapatot küldtek ki Tend hadnagy vezetésével. A táborban megvacsoráztak és elkezdtek borozgatni. Serrin lord és fia, Turán már jócskán a pohár fenekére néztek. Turán szólt az őrségnek, hogy hozzanak be két foglyot. A sátorba érve mondta az őröknek, akasszák fel őket az erdő egyik fájára. Már vitték is volna őket, mikor megérkezett Tend hadnagy.

– Ezek az emberek egyszerű parasztok, nem csináltak semmit. Miért kell őket megölni?

– Eehhez neked semmi közöd – szólt a lord fia. – Ha sokat jár a szád, téged is felköttetlek melléjük. Igaz, apám? – és apja felé fordult.

– Igaz, hogyne lenne igaz – felelte a lord részegen.

A hadnagy megfordult és elhagyta a sátrat.

– A kivégzést holnapra halasztjuk! – mondta.

A lord fia mámorosan lefeküdt aludni.

Már magasan járt a Nap, mikor a lord és fia felébredtek. Az volt a furcsa, hogy a sátor bejáratánál nem áll senki. A lord kitámolygott a szabadba és megdöbbenve látta, hogy seregének egy része hiányzik.

– Hát ez meg mi? Mi történt? Hol vannak az embereim?

Másik hadnagya, Nandó lépett elé.

– Az éjszaka folyamán Tend hadnagy közölte az emberekkel, hogy itthagyja a tábort, mielőtt kivégeznék, aki akar, tartson vele. Így vele ment az egész testőrség és a felderítők is, nagyjából száz ember.

– Ki akarta kivégeztetni? – ordította mérgesen a lord. – Ki volt az az idióta?!

– Az ön fia – felelte a hadnagy.

– Turán! Turán!

A lord fia álmosan jött ki a sátorból.

– Miért kiabálsz? Hadd aludjak még!

– Nézd meg, mit tettél! Ki akartad végeztetni a hadnagyot, az meg elment a seregem egy részével.

– Na és? Te is jóváhagytad.

A lord mérgében leült egy asztalhoz és felhajtott egy kupa bort. Aztán még egyet.

– Majd megkeressük őket, és felakasztjuk – mondta a lord fia.

– Te azt csak gondolod! A testőrség és a felderítők voltak a legjobb katonáim, nem adnák olyan könnyen az életüket. Nem is tudok csinálni velük semmit, mert már két napja lejárt a szerződésük, meg egy hónapja már zsoldot sem kaptak.

– De a lovak, azok a tieid voltak, amit elvittek!

– Azzal sem megyek sokra, mert a bíró nekik ítélné őket az elmaradt zsold fejében.

– Ne foglalkozz velük, majd toborzunk új embereket.

Tend hadnagy és a vele tartó katonák reggelre egy kis falucska határához értek. A falugazda köszöntötte őket és megkérdezte, tud-e valamiben segíteni.

– Megpihennénk, és ennénk is valamit, hisz' egész éjjel úton voltunk, de sajnos fizetni nem tudunk.

– Hát sok mindenünk nekünk sincs, mert a falu szélén állomásozik egy másik lovascsapat is, és ami volt feleslegünk, azt nekik adtuk. Ha némi maradék megfelel, azt szívesen odaadom nektek.

– Meg hát.

Leszálltak lovaikról és ott, ahol voltak, az erdő szélén leheveredtek a fűben, hisz' elfáradtak a lovaglásban. Minél messzebb akartak kerülni a lordtól, mert tudták, hogy bosszúálló természete van. A falugazda értesítette Senéket, hogy még egy lovascsapat érkezett.

Sen és két helyettese, Sid és Peer meglátogatták a most érkezett katonákat. Csak úgy, gyalog odasétáltak. Látván őket, a hadnagy és néhány embere felálltak.

– Kik vagytok? – kérdezte Sen.

– Most már szabad katonák. Nemrég járt le a szerződésünk, és mert a lord nem fizette ki a múlt havi zsoldunkat sem, odébbálltunk.

Sen körebesétált, felmérte a csapat állapotát és felszerelését.

– Mennyi pénzzel tartozott nektek az a lord?

– Tíz ezüst fejenként – felelte a hadnagy.

– Én felfogadnálak benneteket, ha elfogadjátok. Egy aranyat fizetek fejenként egy hónapra, de bizonyos feltételeim is vannak. Ha elfogadjátok, megírhatjuk a szerződést. Beszéljétek meg, nemsokára visszajövünk.

– És mikor lenne az a fizetés?

– Aki aláírja, annak azonnal – felelte Sen.

A hadnagy beszámolt embereinek a megbeszélésről, azok rögtön igent is mondtak.

– Egy arany! Fél év alatt kaptunk annyit a lordtól! De vajon milyen feltételeket szab majd ki?

– Nem számít. Ha így fizet, biztosan teljesíteni tudjuk.

Sen visszatért az összes emberével.

– Nos, hogy döntöttetek?

– Ha hallhatnánk előtte a feltételeket…

– Rendben – felelte Sen. – Az első: feltétel nélküli engedelmesség nekem és két helyettesemnek, valamint kinevezett vezetőiteknek. Aki a parancsokat megszegi, annak az ítélet halál. Ennyi.

Egy darabig csend volt, majd megszólaltak:

– Elfogadjuk!

Peer kezében egy pergamentekercs volt, amin már rjta állt a nevük, így leültek egy asztalhoz és aki jelentkezett, vagy a nevét vagy valami jelet odaírt. Ezután mindenki megkapta az egy aranyat.

Sen visszatért a helyére, még tartott a toborzás. Sid lépett oda hozzá:

– Miért kell nekünk ennyi ember?

– Ha így huszonöten utazgatunk, előbb-utóbb egy nagyobb lovascsapathoz fognak csatolni, ahol megint nem mi irányítunk, de ha lesz pl. egy 250-300 fős csapatunk, az már önálló maradhat.

– Aha, kezdem érteni, nem rossz ötlet.

– Pénzünk az még van, sőt ott van még egy zacskó drágakő is, amit a basa adott. Azt tervezem, hogy kibővítjük a karámot a szikla felé, és ide, az út mellé építünk egy védelmi vonalat cölöpből. Így csak annyi hely marad, hogy egy lovasszekér tud csak végigmenni rajta. Ha támadás ér, a cölöpök tetejéről könnyen ártalmatlanná tudjuk őket tenni.

– Ez zseniális ötlet, kapitányom.

– A szikla alatt pedig faházakat építünk.

– Ki fogja megépíteni?

– Majd keresek megfelelő embereket, biztosan találok olyat, aki már dolgozott kőbányában – és Sidre nézett.

– Azt nyugodtan elfelejtheted!

– Csak vicceltem. Gyere, osszuk el a csapatot.

Sen szólt a hadnagynak, hogy sorakoztassa embereit négy egyenlő csoportba. Az egyikbe íjászok, a másikba lándzsások, a harmadikba pajzsosok, hosszúkardosok, a negyedikbe buzogányosok.

– Figyeljetek, az egységparancsnok én vagyok. Három helyettesem Sid hadnagy, Peer hadnagy és Tend hadnagy. Tend hadnagy minden szakasz élére – mert ezentúl úgy nevezünk benneteket, nem csoportnak – kinevez négy káplárt, ezeknek az embereknek mindenkinek engedelmeskednie kell. Ha valaki megtagadja a parancsot, az 15 botütéssel jár. A súlyos parancsmegtagadás vagy a falusiak bántalmazása halállal. Ennyi.

Szólt Tendnek, nevezzen ki négy káplárt, ő biztosan tudja, ki érdemes rá.

– A következő. Van-e köztetek ács, favágó vagy építész?

Hatan léptek ki. Elmagyarázta nekik, mi a terve és szólt Tend hadnagynak, hogy ha még kell segítség, adjon nekik.

A falusiak is megengedték neki, hogy átalakítsa a környéket egy kicsit; így jobban védve lett a falujuk. Megérkezett a szabó segédeivel és Sen közölte vele, milyen egyenruhát képzelt el az új embereinek.

– Minden ruhájuk sötétzöld legyen! Mennyi idő alatt lesz kész?

– Három-négy nap – mondta a szabó.

Meg is kezdte a méretezést, minden embert lemért. Sen adott neki 3 aranyat előlegbe.

Magához kérette a faluvezetőt, a hadnagyot és Sidet.

– Van itt a közelben valami gazdaság, ahol állatokat tudunk venni?

– Igen, a másik dombon túl van egy városka, ott minden van, még egy gazdag kereskedő is.

Sen szólt a hadnagynak és Sidnek, hogy kövessék.

– Elmentek tíz emberrel, vesztek teheneket, kecskéket, disznókat, hogy legyen mit enni. Azonkívül hozz el egy kovácsot is, ha találsz. Adok három drágakövet, próbáld meg eladni és ezüstpénzre váltani, mert nem akarok mindenért arannyal fizetni.

A kis csapat elindult.

Az átalakításban a falubeliek is szívesen segítettek, így gyorsan nőttek ki a cölöpök a földből, s a szikla alján épülni kezdtek a faházak. Sen meg volt elégedve: már nem kell a sátorban aludnia, de azokat is fölállítva hagyta.

A bozót mögül sikoltozás hallatszott. Sen intett embereinek, akik azonnal odarohannak. Két katona a fiatal vízhordó lányt teperte le a földre, és a ruháját kezdték letépni.

Elfogták és a kapitány elé vitték őket. Sen szólt, hogy mindenki jöjjön oda, és álljanak fel kör alakzatban.

– Megszegtétek a parancsomat, tudjátok, e tettetek mivel jár.

– Nem vagy te isten, hogy itt ítélkezz felettünk – szól az egyik.

Sen intett Peernek, aki odalépett hozzájuk, és szó nélkül átvágta mindkettő torkát.

Néma csend.

– Menjetek, végezzétek tovább a munkátokat.

Az emberek folytatták, amit abbahagytak. Két ember elhúzta félre és eltemette az áldozatokat. Már sötétedett, mikor egy kisebb állatcsapattal megérkeztek a katonák, meg a kovács is. Az állatokat a lovak melletti karámba helyezték el, Sid még egy szekeret is vásárolt, azon takarmány és liszt volt. Lepakoltak, minden a helyére került. Emberei elmondták Tend hadnagynak, mi történt, hogy két társukat kivégezték, menjen, tegyen valamit az érdekükben.

– Sajnálom, de nem tehetek semmit. Az elején elmondták, hogy a parancsmegtagadás és a civilek bántalmazása halállal jár.

– De ők csak kicsit szórakozni akartak!

– Nem tehetek semmit, és ti is vigyázzatok a jövőben, ne kerüljetek hasonló helyzetbe.

Kint veszekedés zaja hallatszott. Itt a hadnagy két embere esett egymásnak, alig tudták őket szétválasztani.

Közben Sen is odaért:

– Mi történt?

– Ellopta az aranyamat.

– Persze, mert csaltál.

– Szóval míg a többiek dolgoznak, ti szórakoztok, kockázgattok. Mindkettőnek 15 botütés, és mindegyik kapja vissza az aranyát.

Bement a sátorba és Siddel foglalkozott:

– Na, sikerült minden?

– Azt hiszem. A drágakövekért tíz zacskó ezüstöt kaptam, és itt a kovács is.

– Jól van, ügyes voltál.

Sen szólt a kovácsnak, hogy kövesse. Odavitte a palánk elejére, ahol egy keskenyebb út volt, mellette egy magas palánk, úgy 30 m hosszan.

– Ide szeretnék egy erős vaskaput!

A kovács felmérte és közölte: két nap múlva kész lesz.

Így folytak az építési-helyreállító munkálatok. Egy nap múlva megérkezett a szabó is; egy nagy szekér ruhát hozott, s mindenkinek odaadta a megfelelő méretet. Sen kifizette és visszament a városba. Közben a kapu is elkészült: vastag, erős tölgyfához rögzítették, a másik fele meg a szakadék széléig ért.

A szakadék olyan 20 m mély lehetett. Két őrszem vigyázott: egy mindig elöl volt, egy pedig a palánk tetején.

A falu melletti réten a katonák mindennap gyakoroltak, nehogy ellustuljanak. Sen harcosai megtanítottak nekik néhány fogást még gladiátormúltjukból. Ők is kimagaslóan jól képzett katonák lettek.

Sen elmondta nekik: ha harcra kerül sor, csak az ő utasításait követhetik, minden parancsot azonnal maradéktalanul végre kell hajtani, akármi is legyen. A harcmező 3-4 napi járásra lehet, azt egyelőre elkerülik, mert előtte el akarnak jutni Volk városába, hogy múltja felől érdeklődjön.

Kiválasztott tíz emberét, és még tízet a hadnagy emberei közül. Sid is vele megy, közölte az ott maradókkal, távollétük alatt Peer hadnagy és Tend hadnagy lesz a parancsnok, nekik tartoznak feltétlen engedelmességgel. Elkezdtek volna készülődni, mikor az egyik őrszem jelzett.

– Lovasok! Sokan!

Sen parancsokat osztogatott.

– Íjászok a palánk tetejére, lándzsások az útra. Kardosok és buzogányosok mögéjük, félkör alakzatban.

A saját embereit a palánk tetejére, az íjászok mögé állította.

Serrin lord volt, és emberei. A kapu előtt megálltak.

– Kinyitni – kiáltott –, vagy leöletek mindenkit!

Sen intett az íjászok felé és tízet mutatott. Tíz nyílvessző kiröppent, és a lord emberei közül tíz máris a szakadékba zuhant holtan. Sen előrelépett és odaszólt a lordnak:

– Figyelj, te nagypofájú korcs! Itt én parancsolok és én határozom meg, ki mehet át és ki nem. Ha nem tudsz szépen beszélni vagy kérni, akkor akár vissza is fordulhatsz, vagy a szakadékban lelitek halálotokat.

A lord meglepődött, így még nem beszélt vele senki, majd' szétrobbant a méregtől.

– Mi az ára, hogy átmehessünk?

– Fejenként 10 ezüst, vagy itt hagyod minden ötödik emberedet. Ha támadni próbáltok, mind meghaltok.

– Nincs pénzünk, legyen a második, mindjárt kiválasztom őket

– Nem te választod ki, hanem az én két hadnagyom.

Tend és Peer hadnagy a palánk szélére lépett.

– Te áruló, meg kellene, hogy öljelek!

Most vette észre, hogy több volt embere is itt van, de az új ruhájuk miatt nem ismerték fel őket.

Tend tudta még, ki a jó, megbízható katona, így elkezdődött a válogatás. Akit kiválasztott, az átjött a kapun és hátravezették. Mikor befejeződött a válogatás, Sennek negyven emberrel megint több katonája volt. A lord nagy mérgesen áthaladt a szurdokon és elhagyta a falu határát.

Fia odaszólt:

– Miért nem támadtuk meg őket?

– Megtámadni? Legyilkoltak volna bennünket, ezek képzett katonák, nem úgy, mint a mieink.

– Miért, a mieink milyenek?

– Hát akik már maradtak, nézd meg, parasztok, iparosok, pásztorok.

A hadnagy főleg azokat válogatta ki, akiket jól ismert és tudta, hogy jó katonák. Őnekik is elmondták a szabályokat és miután aláírták egyezségüket, megkapták egyhavi zsoldjukat is, aminek nagyon örültek. Már majdnem százhetvenen voltak.

Sen szólt, hogy majd ideküldik a szabót, s az új embereknek is varrassanak egyenruhát és fejezzék be az építkezést.

Sen kiválasztott kilenc emberét és Sidet, a másik csapatból öt íjászt és öt lándzsást, meg vittek két málhás lovat is. Az újoncoknak elmondta: ha csatára vagy összeütközésre kerül sor, ők ék alakban támadnak, aki átjut rajtuk, vagy ha hátulról akar valaki támadni, azt azonnal öljék meg. Már két napja úton voltak, mikor csatazajt hallottak. Ahogy kiértek az erdőből, látták, hogy egy négylovas hintót üldöz vagy húsz fegyveres, a hintó védői már csaknem mindnyájan elestek.

– Megmentjük őket, legalább gyakoroltok.

Felhúzták páncélingüket és a sisakot. Sen jelére megindult a támadás, az üldözőket oldalról kapták telibe. Sokan elestek lóval együtt, ővelük a lándzsások végeztek. A megállított csapat szembekerült Sennel, aki rögvest támadott. Tíz perc leforgása alatt végeztek a támadókkal, tőlük nem sérült meg senki: a páncéling felfogta a csapásokat.

Leszálltak a lovakról és a hintóhoz igyekeztek. Körbeállták és kinyitották az ajtót.

– Kik maguk? – kérdezte Sen.

– Én Tamir király vagyok. Lányom, Rezán, és az udvarhölgye. Önben kit tisztelhetek?

– Sen kapitány vagyok, ő mellettem Sid hadnagy.

– El sem tudom mondani, milyen hálás vagyok, hogy megmentettek a másik király orgyilkosaitól. Láttam az összes csapásukat, lenyűgöző volt. Örömmel látnám csapatával együtt a királyi seregben.

– Köszönöm, felség, talán élek is majd vele, de előbb még el kell intéznem egy fontos ügyet. Van még vagy százötven emberem, azok is jó harcosok, ha elvégeztem a küldetésem, örömmel csatlakozom felségedhez.

A király lehúzott ujjáról egy gyűrűt, amin a királyi pecsétcímer volt, és átadta Sennek:

– Ezzel a gyűrűvel bárhova eljuthatsz. Felmutatod, s mindenki engedelmeskedni fog.

– Köszönöm, felség. Adok öt embert, azok elkísérik majd hátralevő útján.

Intett az öt dárdásnak, akik a királyi hintóhoz csatlakoztak.

Elbúcsúztak egymástól, és mindenki folytatta az útját.

Elérték Volk városát, nagy kikötőváros volt. A megfogyatkozott csapatot a városi őrség állította meg. Kérdezték, mi célból jöttek és utasították őket, hogy fegyvereiket adják le, mert a városban nem lehet hordani. Sen előrelovagolt, majd az őrparancsnok előtt megállt.

– Nekünk lehet, királyi küldetést hajtunk végre – mondta, és mutatta az ujján lévő királyi pecsétgyűrűt.

– Ez mindjárt más – intett az embereinek, hogy engedjék át őket.

A kikötőben lovagoltak, próbálták megtalálni azt a mólót, házat, ahonnan annak idején elvitték őket, de nem találtak semmit. Ekkor megszólalt Sid:

– Emlékszem, hogy volt előtte egy nagy fenyőfa, és a tulajt Korbinak szólították az elrablóim.

Tovább kerestek, egyszer csak az egyik harcos szólt Sidnek.

– Figyelj csak ide! – és egy nagy tuskóra mutatott. – Itt valaha egy nagy fa állt.

Megálltak és tényleg, már emlékeztek, ott volt vele szemben az a nagy ház, ahová annak idején bevitték őket.

Sen szólt embereinek, hogy vegyék körül a házat és senkit se engedjenek se be, se ki.

Siddel meg még három emberrel bementek. Hárman voltak bent: a pocakos kereskedő, valami intézőféle, és a konyhánál valaki.

– Mit óhajtanak? – kérdezte a kereskedő.

– Információkat – felelt Sen.

– Ha jól megfizetik, akkor azt is adok, ha tudok.

– Úgy tizenkilenc évvel ezelőtt két megkötözött fiút hoztak ide, akit maga eladott rabszolgának egy keleti kerekedelmi hajóra.

A tulaj elvörösödött.

– Nem tudok róla semmit.

Sen Sid felé fordult:

– Vágd le a kezét!

Sid odaugrott, és kardjával lecsapta a tulaj bal kezét. Az szörnyen ordított, erre bekötötték a száját, csuklójára egy rongyot csavartak. Majd az intézőhöz fordultak:

– Maga emlékszik valamire?

– Mindjárt hozom a nagy könyvet, abba mindent beleírtam, ami csak itt történt.

Kis idő múlva megállt egy oldalnál.

– Igen, megvan, két 6 év körüli fiúcska, tíz ezüstöt kaptunk értük.

– A szüleikről vagy a családjukról valamit?

– Annyit hallottam, hogy lord Render emberei mindkét fiú anyját a sardoni kolostorba vitték, ez minden.

– Ez nekem pont elég.

Odalépett az intézőhöz, kiterített egy térképet és felszólította, hogy rajzolja be azt a kolostort, és a kezébe nyomott három aranyat.

– Mi legyen vele? – mutatott Sid a kereskedőre.

– Hagyd csak, azt csinálta, amit szokott. Menjünk.

Felültek lovukra és elindultak a megadott kolostor irányába, ami igencsak messze volt, de nagy boldogság járta át mindkettejük szívét, hogy megtalálhatják anyjukat, ha még élnek.

Egy nagy lovascsapat volt előttük, nem tudták kikerülni, meg kellett várni, míg megállnak és letáboroznak. A vezetőjük Sink kapitány volt. Üdvözölte Sent és megkérdezte, hova tartanak, majd meghívta őket a sátrába.

– Hát az a kolostor az ellenséges vonalak mögött van, oda nem tudtok eljutni, meg kellene várnotok a csatát, talán utána, ha győzünk, lesz rá eélyetek.

Sen elgondolkodott. A másik kapitánynak igaza volt.

– Hol van a király tábora?

– Kb. egy másfél napi járásra.

Sen szólt két emberének, akik azelőtt felderítők voltak, azonnal üljenek lóra s mondják meg Peernek, hogy az egész seregüket vezessék a királyi táborába, ott majd találkozni fognak. A két felderítő nyomban elindult, adott nekik még két lovat váltásnak is.

– Ti kihez tartoztok, melyik lordsághoz?

– Egyikhez sem, mi egy szabad csapat vagyunk, amelyet én vezetek, nekünk nincs urunk, sem parancsolónk.

– De, a király.

– Őt nem ismerjük.

Két nap múlva elérték a király táborát. Már sok kisebb nagyobb csapat táborozott a területen. A királyi táborban éppen haditanácsot tartottak. Sen hosszan nézte messzelátójával a területet.

Be akart menni a sátorba, de az őrök nem engedték, ám mikor felmutatta a királyi gyűrűt, nyomban félreálltak.

Többen voltak bent mindenféle felcicomázott tollas kalapban. Sen egy sarokba húzódott. A sátor közepén egy nagy terepasztal állt.

– Igen, egyvonalban megindulunk és a gyalogsággal szemből megtámadjuk őket, majd az összecsapás után bevetjük a lovasságot is, akik szembeszállnak az ő lovasságukkal, majd megvárjuk a csata kimenetelét, hogy szükség lesz-e a tartalékra.

– Így a sereg nagy részét lemészárolják, ez egy nagyon rossz terv – szólt közbe Sen.

Mindenki a sarok felé fordult, ahonnan a hang jött. Sen kilép a világosba, hogy láthasssák.

A király nyomban megismerte és odalépett hozzá.

– Üdvözöllek, megmentőm, örülök, hogy visszatértél. Nem is tudtam, hogy a támadási stratégiában is jártas vagy.

Majd elmesélte a többieknek, hogyan mentette meg az életét a kapitány.

– Nem tudtam, ki van a hintóban, bárkit megmenthettem volna.

A sátorban nevetés tört ki.

– Te másként terveznéd meg az ütközetet? – kérdezte a király.

– Igen, felség – és az asztalhoz lépett.

– Itt van ez a széles síkság. Hagyni kell, hogy az ellenség gyalogsága eddig a vonalig eljusson. Ők arra számítanak, hogy szemtől szembe fognak a te gyalogságoddal megküzdeni, de nem, mert ekkor a domb takarásából Sink kapitány előtör, és a lovasaival kettéválasztja a gyalogságot. Én az embereimmel a szemközti dombról támadok a belső gyalogságra, a te gyalogosaid ekkor a szétválasztott ellenség első részét támadja meg. Miután végeztünk a gyalogsággal, a kapitánnyal együttes erővel megtámadjuk a lovasságukat.

Mindenki ámultan hallgatta Sen tervét, egyetlen ellenvetés sem volt.

– Hol tanultál te ilyeneket? – kérdezte a király.

– Sehol, felség, csak ésszerűen gondolkozom.

– És hol az a másik lovasság, amit említettél?

– Az, felség, reggelre itt lesz.

A király összehívta a sátorba a főurakat, lordokat és közölte, hogy kinevezi Sent a balszárny vezérének és lordi címet ad neki.

– Ennek a területnek mi a neve, felség, ahol most vagyunk?

– Ez a vordoni terület, ezért folyik a küzdelem.

– Akkor lehetek Vordon lordja?

– Hát persze.

A király hozatta a papírokat, írnokával megíratta a lordi kinevezést, és ráütötte a nagy pecsétet.

Társai nagyon örültek, hogy Sent lorddá léptette elő a király.

Reggelre megjött a többi embere is, ekkor megmutatta a királynak a csapatát.

– Remélem, győzedelemre viszed embereidet, meg az enyémek is győzni fognak.

A király és Sen leültek egy asztalhoz és megittak egy kupa bort.

– És a családoddal mi van, megtudtál valamit?

– Van némi remény, felség, csak annyit sikerült megtudni, hogy most hol van az édesanyám. A csata után mindjárt indulok is megkeresni.

– Hol van?

– A sardoni kolostorban.

– Hisz' az az ellenséges vonalak mögött van.

– Én akkor is odamegyek, ha kell, egy egész hadsereggel.

– És megismered még egyáltalán?

– Nem hiszem, de van valami, ami alapján tudni fogom, hogy ő az.

Előrehajolt, haját elhúzta, és megmutatta a királynak a füle mögött lévő két anyajegyet.

– Erre emlékszem, anyámnak is pont itt van két anyajegye, mint nekem. Kiskoromban gyakran simogattam neki, mikor játszott velem.

A király összerezzent, kiverte a víz, torka kiszáradt.

– Felség, valami baj van?

– Nem, nem, rosszul nyeltem, mindjárt jobb lesz.

Sen az ő fia volt. Még csak herceg volt, mikor eljárt udvarolni a szépséges Mira grófnőhöz. Született egy fiuk is, minden második héten meglátogatta őket. Mikor 6 éves lehetett a fiú, elmondta apjának, hogy feleségül veszi a grófnőt és lemond a trónról. Apja szörnyű haragra gerjedt, és két hétre bezáratta a nagytoronyba. Mikor kiengedték, a grófi birtokon már senkit sem talált, teljesen üres volt. Legszívesebben öngyilkos lett volna, de valahogy feldolgozta az eseményeket és idővel begyógyultak a sebei. Még nem akarta magát elárulni.

– Lehet tudni még valamit az esetről?

– Igen, felség, egy lord raboltatott el minket és adott el rabszolgának.

Sen hirtelen elnémult.

– Most már mindegy – sóhajtott, és elmondott a királynak mindent, ami eddig történt vele, részletesen. Már majdnem este volt, mire a végére ért. A király olykor könnyes szemmel hallgatta.

– És ki volt az a lord, aki eladott rabszolgának?

– Rendernek hívják.

A király elköszönt Sentől és visszavonult a sátorba. Szólt a testőrparancsnoknak, hogy senki sem zavarhatja.

Így már összeállt neki a kép: amíg ő a toronyban raboskodott, apja utasítására a fiút eladták rabszolgának, szerelmét meg egy kolostorba zárták. Így hiába kutatott utánuk éveken át, nem tudott a nyomukra jutni.

Render lord másnap érkezett, ő volt a seregek főparancsnoka. Másnap mindenki a nagy sátorba gyűlt össze, az utolsó megbeszélésre.

Render lord kezdte.

– Tehát totális támadást indítunk.

A király előrelépett és megszólalt:

– Render lordot leváltom, helyette Sen lordot nevezem ki a sereg főparancsnokának.

Ennek a hírnek sokan örültek, mert ki nem állhatták Render pökhendi, fölényes viselkedését.

– De felség, mi történt, miért?

– Így döntöttem és kész, ez a törvény. Sen lord a főparancsnok, mindenki felett ő rendelkezik.

Az írnokokkal ezt írásba is foglaltatta, és rákerült a nagypecsét.

Sen szóhoz sem tudott jutni.

– Felség, köszönöm a megtiszteltetést, remélem, méltóan tudom meghálálni.

– Csak a legjobb tudásod szerint cselekedj!

Ezzel odalépett Renderhez, levette róla a nagy csillagot és Sen mellére tűzte. A király ezután kiadta utasításba, hogy minden parancsnok közölje embereivel, ki az új főparancsnok.

Sen visszatért embereihez és elújságolta a történteket. Mindenki nagyon boldog volt, hisz' szerették és tisztelték Sent, mert igazságos vezető volt.

A király sátrába két ember kért bebocsátást.

Serrin lord és fia, Turán közölték, hogy egy kapitányt akarnak bevádolni, aki ellopta seregük felét és őket is megszégyenítette.

– Az a kapitány most az egész sereg főparancsnoka. Menjetek hozzá, és kérjetek tőle elégtételt.

A lord nagyot nézett.

– Nem, felség, már meg is bocsátottam neki – és elhagyták a sátrat.

Sen a királyhoz ment és megkérte, hadd választhasson vezetőket a saját emberei közül, mert őket ismeri, és elősegítené a csata kimenetelét.

A király engedélyezte, így hát a gyalogságot a két viking, Venk és Rass vezette, a bal oldali lovasságot Sink kapitány, a jobb oldalit pedig Tend hadnagy. Sid az ő közvetlen segítője lett.

Elérkezett a csata napja, a seregek felálltak egymással szemben.

Ekkor az ellenség felől három lovas közeledett feléjük. Sen nem tudta, hogy itt az a szokás, hogy a csata előtt bajvívást tartanak. A három lovas megállt a király sátra előtt és közölték, milyen feltételek mellett legyen párviadal.

Sen előrelépett és közölte:

– Gyalogosan, karddal, szabályok nincsenek. Ti öt harcost hozhattok, én egyedül állok ki ellenük.

Mindenki nagyot nézett a bejelentés hallatára.

– Jó, elfogadjuk! – A lovasok megfordultak, elvágtattak vissza a saját csapatukhoz, és ott közölték Tenéz királlyal a hírt

– Megzavarodott ez a vitéz? Öt emberrel akar kiállni? De ha ők így akarják, akkor legyen így.

Kiválasztott öt embert, akik jól bántak a karddal.

A király Senhez lépett

– Jól meggondoltad?

– Ne aggódjon, felség, tudom, mit csinálok.

Odament embereihez, felvette fekete csizmáját és nadrágját, páncélingét, és felcsatolta hátára a két kardját. Sisakját otthagyta, és megindult a síkság közepe felé Peer és Sid kíséretében.

Körülbelül egyszerre ért oda a két kis csapat: ők hárman, a másik felén nyolcan álltak. A másik öt katona is ledobta sisakját, mikor látták, hogy ellenfelük nem visel fejvédőt. Mindannyian leszálltak a lovukról és hátrébb mentek a küzdelem helyszínétől. Sen előhúzta mindkét kardját és összecsapta kétszer, majd egy gyors mozdulattal az ellenfél előtt termett és kettőnek rögtön, mielőtt megmozdultak volna, átvágta a torkát. Ezután középre ugrott és a másik kettőbe tövig szúrta mindkét kardját, szinte még fel sem ocsúdtak. Az ötödik megfordult, és futni kezdett visszafelé. Sen megállt, két kezében vértől csöpögő kardjai.

– Ez bámulatos volt! – jegyezték meg többen is mindkét oldalon.

Sen visszatért és szólt a királynak, hogy mindjárt jön, csak lemosakodik. A király tudomásul vette és várt.

Kis idő múlva visszatért Sen. Vezérei mellette álltak.

– Mikor támadunk? – kérdezte a király.

– Semmikor. Megvárjuk, míg ők kezdik a támadást.

– Te vagy a fővezér, csináld úgy, ahogy csak akarod.

Tenéz király nem győzött tovább várakozni, megindította gyalogosait, a csata elkezdődött.

Most jött a meglepetés: Sen közölte Peerrel, hogy harcosaival a megszokott ék alakzatban, középen válasszák ketté a gyalogságot, amely így nem tud majd hatékonyan támadni.

Tend hadnagy lovasaival jobb oldalról ront rájuk, Sink kapitány pedig balról, ekkor teljes lesz a zűrzavar. Amikor a két lovascsapat középen összeér, megfordulnak és együttes erővel az ellenfél lovasságára támadnak. A megzavarodott gyalogságot pedig a királyi gyalogság fogja megtámadni a két viking vezetésével.

– Ez egy ördögi terv – mondja a király –, csak sikerüljön.

A harc megkezdődött, minden a terv szerint haladt. Sen vezetése alatt a királyi sereg fényes győzelmet aratott.

A tavikirály Tenéz megadta magát, belátta, felesleges tovább harcolniuk. Visszavonult és megígérte Tamir királynak, hogy átadja neki azokat a területeket, amelyeket követelt tőle, és kijelölhetik az új országhatárokat.

Mielőtt elvonultak volna, jelentették Tenéz királynak, hogy az ellenség fővezére kér bebocsátást. Tenéz megrettent; vajon mit akarhat?.

– Engedjék be!

Sen két emberével belépett a király sátrába.

A vezérei és alvezérei ámultan figyelték a bátor fővezért. Sen illedelmesen féltérdre ereszkedett és a király felé fordult.

– Felség, lenne egy kérésem önhöz.

A király zavarba jött.

– Állj csak fel, s mondd, amit akarsz. Ha módomban áll, teljesítem.

– Szeretném meglátogatni édesanyámat. A te országodban van, Sardon kolostorában.

– Természetesen megengedem. Ha nem venném, gondolom egész sereggel próbálnál odajutni. Adok is egy gyűrűt, ezen rajta van a királyi pecsétem. Ha bárki megállít az úton, megmutatod neki, és segíteni fog.

Nagyon szépen köszönöm! – Elvette a gyűrűt, meghajolt és távozott.

– Bárcsak nekem lennének ilyen bátor katonáim!

– Senki sem akadályozhatja az útján – fordult a többiek felé.

– De felség, hisz' ő ellenség.

– Az lehet, de egy bátor, nemes szívű katona.

Sen visszatért a csapatához és készülődni kezdett. Úgy döntött, mind a huszonöt emberét magával viszi. A parancsnokságot Sink kapitányra bízta, a többi embert pedig Tend hadnagyra. A király magához kérette még indulás előtt.

– Sen, ugye szólíthatlak így?

– Igen, felség!

– Szeretném, hogy ha megtalálod édesanyádat, elhoznád ide. Itt foglak megvárni, szeretném én is meismerni!

Sen bólintott és visszatért embereihez.

Serrin lord – hallva az eseményekről – bosszút forralt és úgy tervezte, ha visszafelé jönnek, csapdába csalja őket és megöli mindannyiukat. El is hagyta a király táborát.

Másnap reggel Sen elindult cspatával. A kolostor olyan négynapi járásra volt, szép helyeken vezetett át az útjuk: nagy tavak, szép erdők és magas hegyek váltották egymást. Épp egy folyó partján tanácskoznak, hogyan keljenek át, mikor az erdő belsejéből csata zaja hallatszott fel.

Nyomban odasiettek. Rémisztő látvány fogadta őket: egy hintó, és kísérete lemészárolva. A tettesek épp indultak volna, két lány volt náluk. Sen intett embereinek, és azok körbevették őket. Úgy tízen lehettek.

Az egyik magához húzta az egyik lányt, és a torkának szegezte a tőrét.

– Ha nem engedtek el, nyomban átvágom a torkát!

– Csak nyugodtan – feleli Sen –, hisz' nem is ismerjük őket.

Sen intett a kezével, ekkor kardok suhogása hallatszott. Hat bandita összeesett, négyet pedig elfogtak. Mindez olyan gyorsan történt, hogy a banditák fel sem ocsúdtak, és máris foglyok voltak.

A két megrémült lányt félrevezették biztonságba, távol a banditáktól.

– Mit csináljunk a foglyokkal? – kérdezték Sent.

– Kössétek mindegyiket egy-egy fához. A kezüket hátrafelé, és a két válluknál egy-egy tőrrel szögezzétek őket a fához, majd Venk, aki ebben nagymester, egy bottal törje össze minden csontjukat. Itt hagyjuk őket a vadaknak.

A lányokat beültették a hintóba, Peer felült a bakra, Sen és Sid pedig a lányok mellé a hintóba. Elindultak, Venk pedig elkezdte a banditák kivégzését, ami szörnyű ordítással járt. Utána követte a csapatát.

Nagy meglepetésre kiderült, hogy a megmentett két lány a király lányai, Tanda és Helna hercegnők.

Mondták, hogy ők is arrafelé mennek, amerre a kolostor van, így együtt folytatták útjukat.

Helna hercegnőnek megtetszett Sid, élvezettel hallgatta történeteiket, melyeket a hintóban meséltek nekik. Tanda Senre próbált hatni, de az ő szíve már foglalt volt, már csak Aminak volt benne hely. Egynapi járásra lehettek a kolostortól, mikor is egy lovascsapat bukkant fel. Körülbelül úgy százan lehettek. Megálltak egymás előtt, és Sen felismerte vezetőjükben az egyik kapitányt, akivel Tenéz király sátrában találkoztak. A két vezető üdvözölte egymást.

Durak lord, mert így hívták, szörnyen izgatott lett, mikor meglátta a királyi hintót annak kísérete nélkül.

– Mi történt velük? – kérdezte.

– Banditák támadtak meg őket, mindenkit lemészároltak.

Durak elszomorodott, s erősen belemarkolt kardja markolatába.

– Csak ez a két hölgy maradt életben.

Ekkor kiszállt a hintóból a két hercegnő.

Durak nagyot sóhajtott.

– Hála Istennek, hogy megmenekültek!

Letérdelt eléjük és kézcsókkal illette őket.

– Itt táborozik a király alig egy óra járásra. Odakísérlek titeket. És a banditák?

– Kivégeztük őket.

– Úgyis az lett volna a sorsuk.

Megindultak a király tábora felé, nemsokára oda is értek. A király megörült két lányának. A lányok anyja, a királynő már ott volt. Őt Maránának hívták. A hercegnők elmesélték, milyen kalandban volt részük, és a bátor lovagokról, akik megmentették őket. A király szólt, hogy vezessék elébük a bátor megmentőket, hadd jutalmazza meg őket méltóan.

Hát nagyon meglepődött, mikor Sen és Sid léptek be a sátorba, embereikkel együtt.

– Ti mentettétek meg a lányaimat? Nem lehet igaz!

– Ismered őket? – kérdezte a királynő.

– Persze, ő Sen, az ellenséges erők főparancsnoka. Ő ölte meg párviadalban a négy legjobb harcosomat és győzte le a seregemet.

– És mentette meg a lányaid életét – fejezte be a királynő.

– Hát igen – szólt a király.

– Felség, én sohasem voltam az ellenséged. Csupán nem egymás oldalán álltunk a csatatéren.

– Ez igaz. Én is jobban szeretném, ha ezentúl inkább barátok lehetnénk.

– Most, hogy ismét helyreállt a béke a két királyság között, enek szerintem semmi akadálya. A megjutalmazásomról sem kell gondolkodni, mert Tamir király közölte velem, mielőtt elindultunk volna, hogy a területet, amiért a háború kitört közöttetek, nekem és embereimnek ajándékozza, így hát mindenki jól jár.

– Ennek én is szívből örülök, mert igencsak szép tartományt kaptál.

– Négy város és vagy harminc falu tartozik hozzá, valamint egy nagy folyó is keresztülfolyik rajta.

– Aminek még igazán örülök, hogy szomszédságba kerülünk egymással.

Még egy darabig beszélgettek egymással. Közben Helna és Sid szinte le sem vették egymásról a szemüket, tekintetük folyton egymásra talált. Estére ott maradtak, reggel mindenki indulásra készen állt. A király a fővárosába, Modába indult várkastélyába, Sen és csapata pedig a kolostorba, hogy végre találkozhasson anyjával, és talán Sid anyjára is rátalálnak.

Elbúcsúztak egymástól és megígérte a királynak, hogy ha mindent lerendez, amit eltervezett, meglátogatja a várában.

Délután értek a kolostor elé. Az épületet magas kőfal vette körül, olyan volt, mint egy erődítmény. Sen és csapata lepihent a magas fák árnyékában, Sen pedig bekopogtatott a nagy faajtón. A kis ablakot kinyitva egy apáca arca jelent meg.

– Jó napot, segíthetek valamiben?

– Igen, a kolostor vezetőjével szeretnék beszélni.

– Megtudhatnám, hogy milyen ügyben?

– Igen, két régen idekerült asszonyt keresek.

Az ablak becsukódott. Kisvártatva kinyíllot a kapu és Sent az apáca egy kis helyiségbe vezette, de mielőtt belépett volna, fegyvereit kint kellett hagynia. Rövid idő múlva egy magas apáca lépett be.

– Mondták, hogy keres valakit, talán segíthetek.

– Igen, az édesanyámat állítólag úgy húsz éve lehet, hogy idehozták.

– És hogy hívták az édesanyját?

– Arra sajnos már nem emlékszem, mert engem is elraboltak és eladtak rabszolgának, csak most kerültem vissza. Annyit tudok csak, hogy neki is pont itt van két anyajegye.

Ekkor közelebb lépett, elhúzta haját és megmutatta a füle mögötti két anyajegyét.

A főapáca megremegett, lába megrogyott, Sen épphogy el tudta kapni.

– Rosszul van? – kérdezte Sen.

– Nem, én vagyok az, akit keresel.

Hosszasan átölelték egymást, megszólalni sem tudtak egy darabig. Majd Mira – hisz' ő volt a főapáca és Sen anyja – törte meg a csendet.

– Hogy találtál rám?

Leültek a szobában lévő asztalhoz, és Sen röviden elmesélt mindent anyjának. Majd arról a másik nőről kérdezte, akit vele együtt hoztak ide. Mira nem árulta el Sennek, hogy Tamir király az igazi apja.

– Igen, mindjárt idehívatom. Úgy hívják, hogy Lona nővér.

Kisvártatva belépett az ajtón.

– Hívatott, főnővér?

– Igen, képzeld csak, nem is tudom, hogy kezdjek hozzá. Ő itt a fiam – és Senre mutatott.

– Őszintén örülök neki.

– De van még egy jó hírem. A te fiad is itt van, kint van a kolostor előtt.

Lona nővér lerogyott egy székre.

– Ez nem lehet igaz! Mikor láthatom?

Sen előrelépett:

– Mindjárt behívatom – és kiment a szobából.

– Nem hittem volna, hogy az életben még egy ilyen nagy öröm ér, mint ez, hogy találkozhatok a fiammal – mondta Lona remegő hangon.

– De igen, képzeld, az én fiammal együtt rabolták el őket és adták el rabszolgának, majd sok-sok viszontagság után jutottak el ide hozzánk. Gondolom, mindezt el fogja neked mondani.

Sen előtt kinyitották a kaput, kilépett, majd odaszólt Sidnek:

– Sid, gyere, édesanyád vár.

Sidnek mintha a földbe gyökerezett volna a lába, ám lassan elindult...

– Hát ez tényleg igaz, valóban megtaláltuk őket?

Sid belépett a kis szobába és egy karcsú, vékony nőt pillantott meg. Odalépett hozzá, a szemébe nézett, és eszébe jutott gyerekkorából a mindig mosolygó tekintettel ránéző zöld szempár.

– Édesanyám!

Átölelték egymást és úgy álltak ők is egy jó darabig, majd az asztalhoz leülve mind a négyen beszélgetni kezdtek, hisz' volt mondanivalójuk bőven. Kezdett besötétedni. Mira szólt fiának, hogy hívja be a társait is a kolostorba, és a lovakat is beköthetik az istállóba. Igaz, szűkösen, de elférnek, és el is tudja őket látni, mert van széna és zab is, az emberek még vacsorát is kapnak. Bár tudta fiáról és katonáiról, hogy hidegvérű gyilkosok, abban is biztos volt, nincs tőlük félnivalójuk – mármint a többi nővérnek. Még jócskán elbeszélgettek. Sen, miután megvacsoráztak, összehívta embereit az udvaron és közölte velük: miután visszatérnek az újonnan kapott tartományába, Sidnek ad egy várost, és minden embere kap majd egy egy falut, hisz' ennyi harc után ők is megérdemlik, hogy nyugodtan éljenek tovább. Az emberei is megörültek a hír hallatán és nyugovóra tértek, de nem sokáig tartott a nyugalmuk. Reggel nagy riadalomra ébredtek: a kolostort megtámadták.

Az apácák rémülten futkostak a folyosókon. Sen kiszaladt az udvarra, ahol emberei tartózkodtak és közölte velük, hogy készüljenek fel a harcra. Felhúzták páncélingjeiket, sisakjukat, és felsorakoztak Sen mögött.

Kintről egy férfihang kiabált be:

– Ha nem nyitjátok ki a kaput és nem engedtek be bennünket, rátok gyújtjuk a kolostort. Úgy megúszhatjátok élve, ha megkaphatjuk értékeiteket.

Sen és Sid is megismerte az ismeretlen támadót a hangjáról: Serrin lord volt az, meg fia, Turán. Még nem tudták, mennyien vannak odakint, de ez nem is számított, mert akár egy egész hadsereggel is szembeszálltak volna. Sen szólt anyjának, mondja azt, hogy beengedik őket és kinyitják a kaput, csak ne gyújtsák fel a kolostort, utána menjen a többi nővérrel az imaterembe.

A lordnak más volt a szándéka, mint hogy kirabolja a kolostort: tudomást szerzett róla, hol van Sen és Sid anyja, és még előttük ide akart érni, hogy megölje őket, de elkésett.

A kapu lassan nyílt ki. Már már be akartak rontani, mikor megtorpantak. Vagy ötvenen lehettek.

– Őellenük nem harcolunk – kiáltották többen is, mikor meglátták Sent a csapatával.

– Pedig muszáj lesz, nem lesz más választásotok. Vagy harcoltok, biztosan meg fogtok halni. – rohantak neki a lord csapatának. A lord halt meg legelőször: Sen tövig döfte testébe a kardját, majd a fia következett, vele Sid végzett. Már csak vagy tíz embere maradt talpon a lordnak, mikor Sen anyja nagyot kiáltott:

– Elég, elég, hagyjátok abba!

Sen és emberei megálltak. A megmaradt tíz ember eldobta fegyvereit, letérdelt, és feltartotta a kezét. Kegyelemért könyörögtek.

– Anyámnak köszönjétek az életeteket, ne nekem, mert én valamennyiőtöket megöltem volna. Az ilyen emberek, akik vétlen nőkre akarnak támadni, nem érdemelnek kegyelmet.

Sid rátette kezét Sen vállára. Balra tőle egyik embere feküdt a földön, egy lándzsa átszúrta a torkát. Pont ott taláta el, ahol nem védte páncéling. Sen odalépett hozzá és fölé hajolt.

– Sajnos neked nem sokáig tartott a szabadság, nem érhetted meg, hogy nyugalomban és békességben élj tovább.

Az elesett harcostárs Venk volt.

Az életben maradt embereket utasította, hogy a lordot, a fiát és a többi halottat temessék az erdő szélén, ők pedig társukat a kolostor kertjében temették el ruházatával és fegyvereivel együtt.

Sen és Sid anyja megkezdték az előkészületeket, hogy letegyék apácaruhájukat és fiaikkal éljenek tovább azok újonnan kapott birtokain.

Mielőtt elindultak volna, Mira emlékeztette fiát.

– Nem ígérted meg a királynak, hogy bemutatsz neki?

– Dehogynem, teljesen ki is ment a fejemből. Akkor egyenest oda is megyünk, Tamir király fővárosába, Runába.

A halott lord embereit elengedte. Mindegyiknek adott egy-egy aranyat és megígértette velük, hogy ezentúl rendes életet élnek, amit azok el is fogadtak, és esküvel meg is erősítették.

A fővárosig hosszú volt az út. A következő városban megálltak és vásároltak egy hintót, valamint Mira és Lona új ruhákat varrattak maguknak, hiszen nem volt az apácaruhán kívül más ruhájuk. Húsz évig nem kellett nekik világi öltözék. A városban sok mindent vásároltak még, hiszen a nők kényelmesebb utazásáról is gondoskodni kellett, valamint így lassabban haladtak. Több élelem kellett nekik, és a lovaik számára is. A lord egyik életben maradt embere, Brett megkérte Sent, hogy velük maradhasson és találkozhasson szeretett hadnagyával, Nandóval – ők régi jó barátok voltak, és nagyon megbánta, hogy a lorddal tartott.

Brett erős, magas katona volt. Elmesélte Sennek, hogy ő örök életében katona volt, és az is szeretne maradni. Sen rábízta a hintó hajtását és azt mondta neki:

– Látod, megbízom benned, remélem, nem fogok benned csalódni. Rád bízom a két nőt, akik számomra és Sid számára a legfontosabbak.

– Megígérem, hogy akármi is adódik, megvédem őket és vigyázok rájuk, mintha csak az én szüleim lennének.

Már vagy egy hete utaztak, már a felső hegyi királyságban, tehát otthon voltak. Mivel a két királyság között megszületett a béke, útjuk is nyugodt, békés volt. A királyi vár már csak egynapi járásra volt, egy peremvárosnál pihentek meg utoljára. Sen és Sid beterelték a lovakat az istállóba. Sen azt mondta Sidnek:

– Nem is kellene itt maradnod. Menj előre és jelentsd a királynak a hírt, hogy holnap érkezünk, mindkettőnk szüleit megtaláltuk.

Úgy is lett. Sen öt emberükkel megindult a királyi várba. A két nő még kinézett magának egy-egy fejkötőt és be akartak menni az üzletbe, mikor részeg katonákkal találkoztak össze, akik lökdösni, taszigálni kezdték őket. Brett közbelépett és az egyiket leütötte, ám ekkor még tíz fegyveres érkezett és körülvették őket, lándzsájukat rájuk szegezték.

– Ezek lázadók – kiáltott az egyik katona. – Akasszuk fel őket. Kiütötték Mortot.

Az őrparancsnok kiadta a parancsot:

– Megkötözni őket!

Közben Senék kijöttek az istállóból, s látva a történteket, nyomban odasiettek fegyverükkel a kezükben. Mikor meglátták őket, a fele csapat őrájuk szegezte a lándzsát.

– Vétettetek a szabályzat ellen. Itt csak mi viselhetünk fegyvert. Akinél fegyvert találunk, azt bebörtönözzük. Tegyétek le a fegyvereiteket!

– Jól van, jól van, mindenki nyugodjon meg!

Visszahelyezte kardját a tokjába. Odalépett az őrparancsnokhoz.

– Sen lord vagyok, a királyi seregek főparancsnoka – és a királytól kapott gyűrűt az őrparancsnok orra elé nyomta.

– Elnézést, nagyuram, nem tudtam! Tegyétek le a fegyvereiteket! Örömömre szolgál, hogy személyesen találkozhatok önnel, hisz' mindenki arról beszél, milyen elszánt és leleményes haditervet eszelt ki, ami által legyőzték az ellenséget.

– Köszönöm, de tudja, nem kellene részeg katonákkal őrjáratozni és vétlen nőket zaklatni. Náluk nem volt fegyver.

– Biztosíthatom, valahogyan megbüntetem a vétkeseket.

– Nálam az ilyenért 15 botütés jár.

Anyját és Sid anyját beültették a hintóba, s Brett elhajtott velük.

– Kössék mindkettőt egy-egy fához.

A katonák engedelmeskedtek. Ekkor kardjával levágott egy kétujjnyi vastagságú botot, odalépett, és átadta az őrparancsnoknak.

– A maga emberei, magának kell a büntetést végrehajtani. Ha nem találom megfelelőnek, én meg magán hajtom végre.

Az őrparancsnok nem kímélte embereit, rendesen elverte őket.

Sen és emberei elköszöntek és az anyák után indultak.

Utolérve a hintót odaszólt Brettnek:

– Most már nem állunk meg a várig.

A reggel már a várkapu előtt érte őket. A kapu csukva volt. Sen bekiáltott:

– Beengedne valaki bennünket?

– Kik vagytok? Mit akartok?

– Sen lord vagyok, a királyi seregek főparancsnoka.

– Bocsánat, nagyuram, hogy nem ismertem meg.

Lassan engedték le a nagy hidat a mély vizesárkok felé. Belovagoltak a várkapun. Ez is hatalmas vár volt, körben magas kőfallal, és a vár közepén helyezkedett el a palota meg a királyi lakosztály. Sent Tend hadnagy üdvözölte.

– Sikerült a küldetésed?

– Igen, képzeld, mindketten megtaláltuk az édesanyánkat.

– A király egy óra múlva fogad benneteket, addig kövessetek, a szálláshelyetekre kísérlek benneteket.

Közben Sid is csatlakozott hozzájuk. Egy tágas szobába értek, ahol nagy ágyak, asztalok, tükrös szekrény, és a másik szobában még fürdő is volt. Nekiláttak megmosakodni és átöltözni. A két nő fátylat húzott fejére, hogy arcukat ne lehessen látni.

Megszólalt a csengő, mindenki bevonult a trónterembe. A király a trónján ült, a teljes kíséret és az előkelőségek körülötte. A király felállt és szólt:

– Üdvözöllek benneteket, kérlek, foglaljatok helyet a nagy asztalnál.

– Még nem – szólt hangosan Mira. – Előbb mondanék valamit, felség.

– Tessék – szólt.

– Megvádolok valakit, aki húsz évvel ezelőtt elrabolta a fiamat és eladta rabszolgának, majd ugyanet tette a mellettem álló asszony gyermekével is. Bennünket össszeötözve, egy hintóban egy távoli kolostorba vitt, hogy életünk végéig ott maradjunk, de mielőtt átadott volna a kolostor vezetőjének, mindkettőnket megerőszakolt és közölte velünk, ha valaha is elmondjuk, kitépi a nyelvünket és halálra korbácsol.

Mindenki szörnyülködve hallgatta a történteket. A király felállt, két szeme könnyes volt.

– És ki volt ez az ember?

– Lord Render.

Render ki akart szaladni az ajtón, de a palotaőrség körbevette.

– Én egy lord vagyok, engem nem bánthat senki!

A király felállt.

– Az első vád, hogy elraboltad a nőket és a gyerekeket, azt biztosan valaki megbízásából tetted. De a második vádra, az erőszakra nincs mentség, az ítélet halál.

Sen intett embereinek, akik kivezették a lordot.

A király Mirához lépett.

– Még mindig milyen szép vagy!

– De felség, már sok az ősz hajszálam.

– Én észre sem veszem – és megölelte Mirát.

Sen értetlenül nézte az egészet.

– Mi történik itt?

Mira Senhez fordult.

– Sen, ő itt az édesapád

Sen megtántorodott és lezökkent egy székre.

– Megtudhatjuk, ki a másik hölgy, aki sorstársad volt?

– Igen, ő Lona – hajtotta fel a fátylat.

– Lona, Lona, hát élsz?

Kadar lordja sietett oda. Álltak egy darabig egymás előtt, majd és megölelték egymást.

– Nem hittem volna, hogy találkozunk még az életben – mondta Lona. – De ismerd meg a fiadat. Mikor megszületett, apád eltávolított tőled, hogy tudomást se szerezz rólunk.

A mellette álló harcosra mutatott.

– Ő Sid.

A lord Sid elé lépett és megkérdezte:

– Megölelhetlek?

És már össze is ölelkeztek.

Senhez odalépett mindkét szülője és rátették kezüket a vállára. A király közölte, hogy lemond a trónról Sen javára, ő pedig Mirával visszavonultan akar élni. Kadar lordja is szólt:

– Mivel nincs örökösöm, hisz' nem nősültem meg azután, hogy elveszítettem azt a nőt, akit legjobban szerettem, én is minden vagyonomat a fiamra, Sidre hagyom.

Kadar lordjának hatalmas területe volt, több város is, úgyhogy mindketten vagyonos emberek lettek.

A király felállt, megkezdődhetett az ünnepi ebéd. Leültek a hatalmas asztalhoz és elkezdődött az ünneplés.

Nem mindenki ünnepelhetett.

Rendert Sen emberei tömlöcbe vetették és közölték vele: borzalmas halála lesz. A hóhér szerepét Rass vállalta el – náluk az ilyen bűnözőket karóba húzták, ő is azt tervezte. Kihegyezett egy-egy alsó lábszár vastagságú, négyméteres fát, és a tompa felét egy másik fához rögzítette. Mellé fektetett két láncot, azt rákötötte a lord lábára, a másik felét a láncoknak egy-egy lóhoz erősítette és várt a jelre.

Sen szólt, hogy kezdődik a kivégzés, a gyengébb idegzetűek
ne nézzék, de sokan kíváncsiak voltak rá. Sen jelt adott, a két
lovat elkezdték lassan vezetni. A láncok megfeszültek, és a karó
behatolt a lord alsótestébe. Fájdalmában felkiáltott:

– Kegyelem, kegyelem!

– Te sem kegyelmeztél, mikor a nőket megerőszakoltad.

A karó végighatolt a testén, majd felül, a vállánál bukkant elő.
Ekkor levették a láncokat és a karót egy előre kiásott gödörbe he-
lyezték bele, amit betemettek, s most úgy állt, mint egy gyertya.

A lord még mindig élt, szájából folyt a vér, beszélni már nem
tudott, szörnyű kínokat élt át. Sen intett Rassnak, aki odalé-
pett a lordhoz és elvágta a torkát, ezzel véget ért a kivégzés, a
bűnös halott volt.

Sen szólt apjának, hogy egyelőre ne mondjon le, mert neki
még dolga van, meg kell keresnie valakit: Amit, a szerelmét. Így
már biztosan megengedi az apja, hogy feleségül vegye. Elmond-
ta a királynak, hogy Ami apja egy igencsak gazdag basa, aki csa-
ládjával valahol Tenéz király földjén tartózkodik, hogy nagyob-
bik lányát feleségül adják egy lordhoz.

– Fiam, egy király csak nem utasít vissza, mert már az vagy.

Kadar lordja, Lona és Sid is elfoglalják szobájukat és Sid vé-
get nem érő történetbe kezdett; elmesélte neki eddigi életüket,
hol, merre jártak, milyen csatáik, harcaik voltak, és megmutat-
ta a karján levő jelet, amivel megjelölték, mikor gladiátor lett.
Apja megszólalt:

– Akkor te egy kemény, igazságtalan világban éltél a Kele-
ti királyságban.

– Igen, ott a rabszolgáknak ez a sorsuk.

– Itt minden másképp lesz – mondta Lona.

A lord Lonához forudl.

– Tudod, Lona, titokban mindig reméltem, hogy valaha
látlak még legalább egyszer az életben, de arra nem számí-
tottam, hogy a fiammal térsz vissza – és mindkettejüket ma-
gához ölelte.

– Tudod, nekem hatalmas vagyonom van, ezután nyugodt
és boldog életünk lehet.

– Apám, én szeretném, ha a többi társam is velünk marad-
hatna, akik utunk során végigkísértek. Ők is megérdemlik a
nyugodt életet, hisz' eddig csak a harcok és a gyilkolás töltötte
ki az életük nagy részét.

– A birtokaim egy részét rád íratom, te pedig kedved szerint
megajándékozhatod őket.

– Köszönöm, apám!

– Én szeretnék Lonával a palotámban eltölteni egy kis időt
a ceremónia elkezdéséig.

– Milyen ceremóniáig? – kérdezte Lona.

– Hát az esküvőnkig – és egy gyönyörű gyémántgyűrűt hú-
zott Lona ujjára.

– Nem gondolod, hogy hagynám, hogy más vegyen felesé-
gül?! – ölelte magához Lonát.

Tamir király bemutatta fiának és Mirának lányát, Rezánt, és
mondta, hogy a királyné úgy két éve halt meg egy balesetben.

Lassan este lett, mindenki szálláshelyére sietett. Sen éppen
fürödni készült, mikor egyik embere szólt neki, hogy valaki ke-
resi. Felöltözött és kiment. Egy futár várta, levéllel.

– Tenéz király küldte, meghagyta, hogy személyesen neked
adjam át.

– Igen, köszönöm.

Sen, míg Tenéz udvarában volt, beszélt a királynak a basá-
ról és a karavánról és megkérte, hogy ha valamit megtud róla,
értesítse.

Sen kibontotta a levelet, de nem volt benne öröme.

„Kedves Sen, sajnos rossz hírt kell közölnöm veled. A basa
karavánját megtámadták, sok embert megöltek, köztük a basát
is. Kincseit és állatait, valamint az életben maradt foglyokat a
Nyugati királyságba vitték. Ott nagy a zűrzavar, rablólovagok
és kiskirályok harcolnak a trónért, nagy a veszély, rabolnak
és fosztogatnak. Úgy tudom, hogy az életben maradt foglyok
Gordó városában vannak. Ez egy rablólovag vára, többet saj-
nos nem tudok.

Üdvözlettel,

Tenéz király"

Sen kezéből kiesett a levél, az ég felé nézett és felsóhajtott. „Ami, élsz még? Láthatlak még valaha?"

Ez a nap még nem fejeződött be, hiszen a rég nem találkozó személyeknek sok megbeszélnivalójuk volt. Mira a palota talán legszebb szobáját kapja. Kicsit furcsa is volt neki a nagy, tágas szoba a szűk kis kolostori cella után. Kopogtattak az ajtón. Mira kinyitotta, s a király lépett be. Megfogta a nő kezét és leültek az ágy szélére.

– Tudod, miután bejelentettem az apámnak, az akkori királynak, hogy el akarlak venni feleségül és van egy fiam, szörnyű haragra gerjedt és bezáratott egy toronyba. Két hét elteltével, mikor kiengedett, kiszöktem a palotából és hozzátok rohantam, de csak üres termeket találtam és senki sem tudott róla, hogy hova tüntetek el. Azután próbáltam a nyomotokra bukkanni, de nem sikerült. Pár évvel később apám meghalt, és engem királlyá koronáztak. Államérdekből megnősültem, és nem sokra rá megszületett a lányom, Rezán. A volt feleségem tiszta szívű, kedves nő volt. Mindenben mellettem állt és szeretett is, de én inkább tiszteltem ezért, igazi szerelemmel nem tudtam szeretni. Az én szívemben csak neked volt helyed örökre. Halála után tán ezért is nem kerestem mást. Egyrészt lányomnak nem akartam mostohát, meg talán abban reménykedtem, hogy valaha még viszontláthatlak téged és a fiamat. Majd' a szívem ugrott ki, mikor Sentől megtudtam, hogy ő a fiam, és te is életben vagy.

– És hogy jöttél rá, hogy ő a fiad?

– Mikor közölte velem, hogy elmegy megkeresni az anyját, akit nem is ismer, megkérdeztem tőle: ha nem ismeri, honnan fogja tudni, ki ő? És akkor mutatta meg nekem a két anyajegyét a füle mögött, pont ott, ahol neked is van.

– Igen, én is meglepődtem, mikor egy magas, daliás vitéz jelent meg nálunk a kolostorban azzal, hogy az édesanyját keresi. Mondtam neki, hogy szívesen segítek, ha tudok. Nevet nem mondott, így annál nagyobb volt a meglepetésem, mikor megmutatta nekem is a füle mögötti két anyajegyet. Ha nem kap el, el is ájultam volna örömömben, hisz' már nem is reménykedtem abban, hogy valaha viszontlátom a fiamat.

A király félresimította Mira haját, és egy csókot nyomott a két anyajegyre.

– Neked is beszélt a múltjáról? – kérdezte a király.

– Igen, idefelé útközben elmondott mindent. Keserű gyerekkoráról, amit egy kőbányában töltött; a gladiátoréveiről; hogyan emelkedett ki és vált rabszolgából ismét szabad emberré, és hogyan mentette meg az apját és húgát.

– Hát igen, akkor még nem sejtettem megmentőmről, hogy ő a rég nem látott fiam.

A király végigsimított Mira haján, és arcán, a kezén, lágyan átölelte és megkérdezte tőle:

– Mit gondolsz, tudnál szeretni engem?

– Mindig is téged szerettelek. Még a kolostorban is sokszor gondoltam rád, nagyon örültem, mikor megtudtam, hogy megkoronáztak és te lettél a király. Talán titokban még reménykedtem is abban, hogy valahogy a nyomomra akadsz vagy megkerestetsz. Meg ott volt időm feldolgozni magamban az idők során azt a szomorú érzést, hogy egyszerre veszítettem el a fiamat és azt a férfit, aki legjobban szerettem a világon.

Mindkettőjük szeméből könny csordult, és átölelték egymást.

Kadar lordját, Hendet és Lonát a palota déli szárnyán, egy szép, tágas szobában helyezték el. Lona leült az asztalhoz és Hendet faggatta:

– Apámmal mi lett, tudsz valamit róla?

– Igen – felelte szomorúan Hend. – Miután apám üzelti útra küldött, úgy egy hétig voltam távol. Visszatérésem után nyomban kilovagoltam a farmotokra. Szörnyű látvány fogadott; apád ott feküdt holtan a körtefa alatt, és az összes háziállat is le volt gyilkolva körülötte. Apádat oda temettem el, a körtefa alá. Megpróbáltam kideríteni, mi történt, de senki sem tudott mondani semmit. A lord tiszta munkát végzett. Apám akkor a király főtanácsadója és bizalmasa volt, valahonnan biztosan tudomást szerezhetett a kapcsolatunkról. Én is nagyot hibáztam, hogy nem mertem bevallani neki, de biztosan nem engedte volna meg, hogy nyíltan együtt éljünk. Azt az aljas tervet is biztosan a volt királlyal eszelték ki, hogy benneteket elraboljanak.

– Igen, emlékszem arra a reggelre. Az állatokat készültem épp megetetni, mikor fegyveresek rontottak ránk. Engem leütöttek úgy, hogy semmire sem emlékszem. Mikor felébredtem, egy kocsiban feküdtem megkötözve egy másik nővel együtt. Többé nem tudtam semmit sem apámról, sem a fiunkról, sem pedig rólad. A kolostor adott némi megnyugvást, hogy feldolgozzam a történteket. Az volt életem eddigi legboldogabb pillanata, mikor Mira közölte velem, hogy él a fiam, és magamhoz ölelhettem annyi keserű és szomorú év után. Valamint mikor ideérve megpillantottalak az előkelő, gazdag urak között.

– Mikor visszatértem a farmotokról, tudtam, hogy apámnak köze van az eltűnésekhez. Kérdőre is vontam, de csak nevetett: „Mit aggódsz egy lotyó és a fattya miatt, hisz' előtted még az egész életed". Anyám még kiskoromban meghalt, így nem tudtam kihez fordulni vigasztalásért. Lehet, hogy az ő halálához is volt apámnak köze, úgyhogy összepakoltam és az egyik vidéki várunkba költöztem át. Mindaddig ott éltem, míg egyszer nem közölték velem, hogy térjek vissza, mert apám nem érkezett meg a hajóútjáról. Valahová keletre ment, valami üzleti útra. Miután visszatértem, átvettem a lordság irányítását, de nem nősültem meg soha. Mindig is te és a fiunk voltatok számomra a legkedvesebbek, és szívem mélyén őriztem a megmaradt emléket rólatok. Úgy is hívtak a hátam mögött, hogy a magányos lord.

– Most már nem vagy magányos, újból melletted vagyunk, én és a fiad!

– Igen, de szinte semmit sem tudok róla még, nem volt időm elbeszélgetni vele a múltjáról.

– Nekem igen – és az éjszaka csendje alatt mindent elmondott Hendnek, amit idefelé a fia mesélt neki. A lord csendben hallgatta végig Lonát és megjegyezte:

– Az ő élete is igen gyötrelmes lehetett, főleg az elején, a kőbányában. Igaz, a gladiátorélet sem volt kellemes, de az a fő, hogy mindkettőtöket visszakaptam.

– Valóban egy ilyen őszülni kezdő nőt akarsz, akinek arcán már a ráncok is megjelentek?

– Nekem most is épp olyan szép vagy, mint amikor először megláttalak a kis patak mellett a farmotoknál, mikor arra lovagoltam. Nyomban beléd szerettem. Most már bánom, hogy miért nem maradtam ott veletek örökre.

– Hát, volt köztünk egy nagy akadály: te gazdag lord voltál, én meg csak egy farmer lánya. Egy volt bennünk a közös: mindketten korán veszítettük el az édesanyánkat.

– Ez az akadály most már elhárult, hisz' a mai naptól az ország egyik leggazdagabb asszonya vagy.

– Szeretnék kérni valamit tőled. Mielőtt birtokodra visszatérnénk, meg szeretném nézni a volt farmunkat.

– Amit csak akarsz. A mai napig ugyanolyan, mint volt. Annak idején, miután kiürült, egy helytartómat megbíztam vele, hogy rendszeresen tartsa rendben. Volt, hogy én is kilovagoltam oda és leültem a patakpartra és becsuktam a szemem. Téged láttalak és a fiunkat, aki a zöld réten futkosott, te pedig vizet vittél haza.

Átbeszélgették szinte az egész éjszakát. Mikor a felkelő Nap besütött a szobájukba, reggel lett. Sen éppen felöltözött és sietett volna, hogy meglátogassa embereit, mikor kopogtattak az ajtaján. Kinyitotta az ajtót, s Rezánt látta ott állni.

– Bejöhetek? – kérdezte.

– Persze, gyere csak! Csak nyugodtan, húgom. Ezután én így szólítalak téged, jó?

– Szeretnélek egy kicsit jobban megismerni, hisz' miután az apánkkal együtt megmentettél bennünket, nem is találkoztunk, és még nem igazán volt alkalmunk beszélgetni.

Rezán is karcsú, magas, szőke hosszú hajú szépség volt. Talán valamikor az anyja is ilyen lehetett, mert apjuk említette már Sennek, hogy a húga, a hercegnő, szinte kiköpött anyja.

– Tudod, szívesen elmondom majd a történetem, amit csak akarsz rólam tudni, de most megbeszélésem lenne az embereimmel. Utána viszont szívesen beszélgetek veled, ha neked úgy megfelel.

– Hát persze.

Odaugrott bátyjához és egy puszit nyomott az arcára, majd kiment a szobából. Sen üzent az embereinek, hogy a lovagteremben várja őket és szeretne velük beszélni.

Ott találkoztak. Épp el akarták kezdeni a megbeszélést, mikor belépett a király és kísérete. Kölcsönösen köszöntötték egymást, majd a király így szólt:

– Jó is, hogy így együtt van az egész csapatod, hiszen szeretném őket és téged is megjutalmazni. Szeretném, ha mindegyikőjükből lovag lenne.

– Lovaggá fogod őket ütni?

– Én nem, hanem majd te.

– De nekem nincs arra jogom.

– De igen, itt tartom a kezemben: a mai naptól te vagy Rana hercege, a királyság trónörököse, úgyhogy minden jog megillet, ami a királyt, hiszen az a szándékom, hogy nemsokára lemondok és téged koronáznak meg. Te leszel a király.

– Köszönöm, felség, de előtte még el kell intéznem valami fontosat, ami nekem nagyon sokat jelent.

– Mi az, fiam?

– Majd miután lovaggá ütöttem a harcostársaimat, elmondom.

Ekkor a király átadta a kardját a fiának. A bajtársai sorra letérdeltek előtte, ő pedig a királyi karddal lovaggá ütötte őket. Sid nagy örömmel szemlélte az eseményt. Ő nem lett lovag, mert apja már kinevezte Kador lordjává.

A király a lovagteremben maradt az új lovagokkal, a fiával és Siddel.

Sen elkezdte a mondanivalóját.

– Levelet kaptam Tenéz királytól, melyben beszámolt róla, hogy a basa karavánját lemészárolták. A basa halott, az életben maradt foglyokat egy rablólovag várába vitték a Nyugati királyágba, Gordó várába. Szeretném, ha még egyszer velem tartanátok, hogy meg tudjam bosszulni Amit, vagy ha meg él, akkor kiszabadítani.

Peer lovag lépett elő. Kihúzta a kardját és az ég felé tartotta.

– Mindhalálig veled tartok, akárhova is mennél.

A többiek is ugyanezt tették, és felkiáltottak:

– Mindhalálig!

Sen Sidhez fordult:

– Neked nem kell velünk tartanod, hiszen te is most találtad meg a szüleidet. Gondolom, szeretnél velük maradni.

– Nem, én is megyek. Szeretném viszontlátni Helnát is. Gondolom, így, hogy én is lord lettem, a király megengedi, hogy találkozhassak vele. Meg ha eddig együtt voltunk, nem szeretnék pont most magadra hagyni, nehogy valami baj érjen – nevetett fel.

– Jó, rendben, holnap reggel indulunk.

Még két ember tartott a csapattal: Nandó hadnagy, és hű embere, Brett.

Sen a délutánt húgával töltötte, elmesélt neki részletesen mindent, ami idáig történt vele, a többiek pedig a másnapi útra készültek. Reggel elindultak mind a huszonhatan.

Mindketten búcsút vettek szüleiktől, és megindultak Moda felé, Tenéz király fővárosába. Útjuk eseménytelenül zajlott. Modába érve megálltak a királyi vár előtt.

– Felség, a felsőhegyi királyság trónörököse, Kadar lordja és lovagjaik kérnek bebocsátást.

Tenéz király felugrott trónjáról.

– Kicsodák? Nem is tudtam, hogy a szomszéd királyságnak lenne trónörököse. Mindenki álljon fel, fogadjuk őket tisztelettel, bár nem ismerjük őket.

A trónteremben tartózkodó főurak és más nemes emberek felálltak. A király majd' hanyatt esett, mikor meglátta, kik lépnek be az ajtón.

– Te? Te vagy a trónörökös? Ezt nem hiszem el.

– De igen. Engedd meg, felség, hogy bemutassam Kadar lordjának örökösét, Sid lordot, valamint a lovagjaimat.

– Mindent el kell, hogy mesélj. Gyertek, üljetek le!

Sid tekintete találkozott Helnáéval. Mindkettőjük tekintete sugárzott az örömtől. Sid előrelépett.

– Felség, szeretnék tőled engedélyt kérni, hogy néha találkozhassak a lányoddal, Helnával.

– Már meg is kaptad, ide is ülhetsz mellé – vágott közbe Marána, a királyné. Neki már az elejétől, mikor megismerte őket, rokonszenves volt Sid. Helyet foglaltak a trónteremben, és mindent elmondtak a királyi családnak és az ott tartózkodóknak. A király örömmel hallotta, hogy mindketten megtalálták szüleiket, és ilyen magasra emelkedtek a ranglétrán.

– Ha majd visszatértek utatokról és királlyá koronáznak, azt szeretnénk, ha a békekötés mellett szövetségesek is lehetnénk.

– Boldogan, felség.

Sid Senhez fordult.

– Volna hozzád egy kérésem. Töltsünk itt pár napot, hadd lehessek egy kicsit Helnával!

– Persze. Három napig maradhatunk. Jó?

– Az elég is lesz.

Sid ki is használta az időt, sokat voltak együtt Helnával. A palota kertjében sétálgattak, hol kilovagoltak a folyópartra, nagyon élvezték egymás társaságát. Egymásba szerettek.

Sen eközben a királynővel és a másik hercegnővel, Tandával sétálgatott és mesélte nekik a történeteit.

– Az a furcsa, hogy puszta kézzel agyonütöttél egy négyméteres kobrát, megöltél egymagad egy oroszlánt, egy kis pók pedig majdhogynem végzett veled. És azt tudod-e, hogy aki annak a narancssárga hasú póknak a mérgét túléli, annak a szervezete utána mindenféle méregnek ellenáll?

– Ezt nem tudtam, felség.

Közben a király is csatlakozott hozzájuk és szólt Sennek, hogy embereivel együtt vegyenek részt egy közös vadászaton. Sen válaszolni akart, mikor egy lovas futár lépett a király elé.

– Felség, nagy baj van. A rablólovagok betörtek az országba, két városodat már felégették, a harmadikat most készülnek bevenni. Darak lord már nem tud sokáig kitartani embereivel, sürgős segítség kellene.

Sen felállt és észrevette, hogy a hercegnő a lord neve hallatán először elsápadt, majd hirtelen elvörösödött.

– Nem tudom, mit tegyek. A seregem egy része megsemmisült, a többik hazatértek, hisz’ most van az aratás ideje. Itt csak a palotaőrség meg a városi helyőrség van, ha azokat odaküldöm, a királyi főváros védelem nélkül marad. Nem tudom, mit tegyek.

– Én talán segíthetek – szólalt meg Sen. – Tend hadnagy itt van nem messze egy nagyobb lovascsapattal, éppen a tőled elfoglalt területet méri fel. Ha most érte küldök, remélem rövid idő múlva ideér.

– Elfogadom a segítséget, de ne ide jöjjön, hanem a Silon folyó partvonalát kövessék, ott van Wornó városa, amit megtámadtak.

Sen gyorsan levelet írt a hadnagynak és azt egy futárral el is küldték nyomban, valamint a király még harminc fegyverest a rendelkezésére bocsátott. Összeszedve embereit megindultak a megtámadott város felé. Mielőtt elindultak, odalépett a hercegnőhöz.

– Szereted.

– Kit?

– Hát a lordot.

A hercegnő zavarba jött.

– Honnan tudod, ő mondta talán neked?

– Nem, de mikor meghallottad, hogy bajban van, először elsápadtál, majd piros lettél, mint a vér.

– Igen, szeretjük egymást. Nagyon szépen kérlek, mentsd meg!

– Ha tudom, megmentem.

Már nem voltak messze, látták is a várost. Mielőtt elindultak volna, magukra öltötték páncélingeiket és a sisakokat is feltették. Sen utasította a hadnagyot, hogy amikor elkezdenek támadni, fejlődjenek fel a szokásos ék alakzatba, és akik átjutnak rajtuk, azokat azonnal öljék meg. Odaérve egy dombocska tetején álltak meg, innen jól látták az egész csatateret. A várost egy folyó ölelte körül, a Silon. A városkapu előtt egy széles földnyelv húzódott, ahol a csata folyt. Darak lordnak már nem sok embere maradt, ők a városkaput védték, hogy a rablólovagok és a többi toborzott zsoldos ne tudjon behatolni a városba. Úgy nézett ki, hogy az utolsó rohamra készülnek. Körülbelül tízszeres túlerőben voltak, úgyhogy a lordnak és katonáinak már nem sok esélye volt. A rablólovagok vezére ép ki akarta adni a parancsot a támadás megkezdésére, mikor az egyik embere felkiáltott:

– Atyaúristen, ez nem lehet igaz, a pokol katonái!

Mindenki megfordult és a domb felé nézett. Sen emberei már ék alakzatba fejlődtek, és támadni készültek.

– Biztosan valami kóbor lovagok, nem kell tőlük félni. Ha a várost védőkkel végeztünk, akkor utánuk ők következnek.

– Én ezek ellen biztos, hogy nem harcolok – szólalt meg az egyik rablócsapat vezetője. –Ismerem őket, a vezetőjük a sivatagban rövid idő leforgása alatt tíz emberemmel végzett, utána minden harmadiknak elvágta a torkát.

Mivel elmenekülni már nem tudtak, embereivel és lovaikkal egyenest a folyóba ugrattott és úszva menekültek el.

– Gyáva sivatagi patkányok – mondta a rablólovagok vezére, de Senék akkor már oda is értek és megkezdődött a harc. Rövid időn belül lekaszabolták a banditákat, akik kitörni nem tudtak, mert akik élve átjutottak az alakzaton, azokat a hadnagy és emberei megölték. Páran a folyóba vetették magukat, úgy menekültek meg a biztos haláltól, ám a másik oldalon már várta őket a lord az embereivel. Ők hét szökevényt elfogtak. Senék körül közül nem halt meg senki, ám a hadnagynak és a lordnak is volt embervesztesége. A város megmenekült.

Sen és emberei lementek a folyópartra, hogy lemossák magukról a banditák vérét. Akkor ismét lódobogás hallatszott: ideért a hadnagy is embereivel.

– Elkéstetek – szólt oda neki Sen.

– Nagyon sajnálom. Jöttünk, ahogy csak tudtunk, de látom, nem kellett a segítség.

– Hány embert hoztál magaddal?

– Úgy százhúszat.

– A hullákat dobáljátok bele a folyóba, hadd lássa a többi rablólovag is, hogy jár, aki másra támad. A saját halottainkat meg temessétek el illendően.

Darak lord odalépett Senhez.

– Ilyen győzelmet ritkán lát az ember. Köszönöm, hogy megmentettél bennünket.

– Tudod, megígértem egy hercegnőnek, hogy megmentem a kedvese életét.

A lord elvörösödött.

– Elmondta neked.

– Nem, magamtól jöttem rá. Mikor a futár említette, milyen bajban vagy, ő is olyan vörös lett, mint te most. Mindjárt rájöttem, hogy van köztetek valami, de ne aggódj, tőlem nem tudja meg senki.

– Örök hálával tartozom neked. Egyszer már megmentetted az ő életét is.

– Kedves lordom, én már megannyi ember életét megmentettem, de számtalan ember életét el is vettem. Olyanokat is meg kellett ölnöm, akiket nem is ismertem. Mocskos sikátorokban és arénákban küzdöttem, és nem kegyelmeztem senkinek. Hidegvérű gyilkos voltam, aki végül a Keleti alkirályság egyik legkiválóbb harcosa lett – ezekkel az emberekkel együtt, akik velem vannak, és voltak idáig. Itt, előtted nem valami nagy hős áll.

Ezzel megmutatta a lordnak a karján lévő, beégetett jelet.

– Én nem tudtam a múltadról semmit. Számomra akkor is hős vagy, aki megmentett engem és a szerelmemet is.

– Az igaz. Az én szerelmem pedig egy rablólovag várában raboskodik, vagy talán már halott.

– Mi legyen a foglyokkal? – kérdezte az egyik katona.

– Öljétek meg őket – felelte Sen, majd megtorpant. – Mégse! Peer, hozd le őket a folyópartra!

Sen emberei körülvették és a folyópartra kísérték őket.

– Mi a terved velük? – kérdezte Peer.

– Letérdelni! Mindenki mögé álljon valaki! Aki megmondja, hogyan jutok el Gordó várához és hogyan lehet a legkönnyebben oda bejutni, azt életben hagyom, a többi meghal.

– Én, azt hiszem, én tudok segíteni – szólalt meg az egyik. – De csak személyesen Sen kapitánynak mondom el, hogyan lehet oda bejutani.

Sen odalépett hozzá.

– Állj fel és menjünk oda a fa alá, de ha nem tudsz érdemlegeset modnani, mindjárt fel is köttetlek rá.

Sen leült a fa alá és nekidőlt a törzsének.

– Én valójában nem vagyok bandita. Kádó küldött, Ami édesanyja, hogy keresselek meg és közöljem veled, hogy a többi nővel együtt hol vannak.

– Tehát Ami él!

– Igen, kapitány, de csak a nőket hagyták életben, mindenki mást megöltek. Még az elefántokat is.

– És te hogy úsztad meg, és ki vagy te egyáltalán?

– Ez egy hosszú történet, de elmondom. Kádó úrnő valójában nem a basa felesége volt, hanem a Keleti királyság császárának az ágyasa. Ott az a szokás, hogy csak az első feleség szülhet trónörököst. Ha a többi feleség vagy az ágyasok körül valaki teherbe esik, azt eltávolítják a háremből; legtöbbször végeznek vele, mielőtt megszülné a gyermeket. Mikor Kádó teherebe esett, szólt róla a császárnak, és mivel az uralkodó nagyon megkedvelte, kimentette a háremből és egykori barátjára, a basára bízta, ahol meg tudta szülni a lányát, Amit. Erről rajtuk kívül nem tudhatott senki, mert biztos, hogy megölték volna őket. Ezért Kádót úgy jegyezték, mint a basa második feleségét, Ami pedig az ő lánya. Erről még Ami sem tud, hogy a császár az ő igazi apja, nem pedig a basa volt.

– És te hogy kerültél a képbe?

– Engem a császár rakott Kádó mellé, mint személyi testőrét, hogy ne essen bántódása, vigyázzak rá.

– És hogy úsztad meg a mészárlást? Mondtad, hogy csak a nőket hagyták életben.

– Mikor megtámadták a karavánt és már eldőlni látszott, hogy legyőznek minket, egy megölt bandita ruháit húztam magamra és elvegyültem közöttük. Nem vették észre, mert a rablólovagok csapatai főleg zsoldosokból állnak, akik nem nagyon ismerik egymást. Így tudtam csak az úrnőm mellett maradni, aki elmondta, hogy keresselek meg téged és ha tudsz segíteni, próbáld őket megmenteni. Amint meghallottam, hogy egy másik rablólovag embereket toboroz, hogy megtámadják és kifosszák Tenéz király városait, csatlakoztam hozzájuk, mert gondoltam, így hamarabb el tudok jutni hozzád.

– És ha megöltek volna a harcban?

– Én mindjárt az elején megadtam magam, nem is harcoltam.

– Na és hogy lehet bejutni a várba?

– Gordó vára egy hegy tetején van, csak egy függőhídon keresztül, amit a várból lehet leengedni, máshogy nem.

Sen felállt és a fa körül sétálgatott.

– Ki kell találnom valamit, hogy tudunk bejutni.

Peer odakiáltott neki:

– Mi legyen a foglyokkal?

– Add át őket a lordnak, csináljon velük, amit csak akar. Ez itt marad mellettem.

Sen magához hívta embereit, de csak annyit mondott el nekik az egészből, hogy hol van a vár, milyen helyen, és hogy lehetne oda bejutni.

– Van-e valakinek valami ötlete?

– Nekem lenne egy ötletem – szólalt meg Zanir, Kádó volt testőre

– Halljuk – fordult felé Sen.

– Az a szokás a Nyugati királyságban, hogy vannak olyan kereskedők, akik prostituáltakat, örömlányokat szállítanak egyik várból a másikba, majd pár nap múlva mennek tovább. Így kb. négy személy biztosan be tudna jutni: egy kereskedő kocsival, meg két kísérőnek álcázott katona. Bentről este leengedhetnék a függőhidat, amin keresztül a többi katona be tudna jutni, hogy kiszabadítsák a nőket.

– Ez jó terv, de honnan szerezzünk örömlányokat?

– Azt már nem tudom megmondani – vont vállat Zanir.

– Talán a lord tud segíteni – szólt Peer.

– Mindjárt megkérdezem – és Sen a lordhoz sietett.

– Kedves lordom, lenne itt valami, amiben talán tudnál segíteni.

– Szíves-örömest, csak mondd el, miben.

Sen elmondta neki tervüket, és hogy kellene nekik hat-nyolc örömlány.

– Ez megoldható, hisz' van a városban ház, ahol ilyen lányok vannak. Ha megfizetik őket, biztosan hajlandóak lesznek majd elmenni.

– A pénz nem számít, csak úgy kell megoldani, hogy ők ne tudják meg, mi a szándékom velük. Úgy kell őket megkeresni, mintha tényleg ilyen kereskedéssel vagy mivel foglalkoznánk.

Senhez csatlakozott a hadnagy is embereivel és mivel a lord jártas volt a városban, megmaradt emberei élén bevonultak a városba. Sen megkérdezte tőle, tudnak-e valahol tanácskozni, megbeszélést tartani. A lord azt ajánlotta, menjenek be a városházába, ott van egy nagy tanácsterem. Úgy is tettek. Sen embereivel és a lorddal bementek a tanácsterembe, ahol a város vezetői fogadták őket, akik csak a lordot ismerték.

Sen közölte velük, hogy szeretné, ha magukra hagynák őket, mert meg akarnak beszélni egy fontos dolgot, de a városatyák a lordhoz fordultak, nem hagyták, hogy egy idegen utasítgassa őket. A lord feldühödött.

– Ez az idegen ahelyett, hogy elindult volna a fogva tartott kedvesét kiszabadítani, önzetlenül idejött katonáival, hogy megmentese a várost a pusztulástól meg a ti szaros életeteket, úgyhogy hagyjatok bennünket magunkra, vagy behívom az embereimet és az ablakon dobáltatlak ki benneteket.

A város vezetői szó nélkül elhagyták a termet: a lorddal nem szálhattak szembe, mert ő volt a tartomány ura. Miután leültek, megbeszélték, hogyan bonyolítják le az egészet. Sen Peernek adott egy zacskó aranyat, hogy szerezzen be mindent. Kellett vásárolni egy fedeles kocsit lovakkal, ruhákat, mert ebben a fekete öltözetben túl gyanúsak lettek volna.

Felkeresték az örömházat, és Peer – kereskedőnek kiadva magát – kibérelt a tulajtól hat örömlányt, mondván, hogy az ő szállítmánya nem érkezett meg. Brett lett a kocsihajtó, Sen emberei körül ketten pedig a kísérők. Sennek és a többi emberének is másik ruha kellett, hogy ne ismerjék fel őket. Megbeszélték, hogy távolabbról követik majd őket, hogy ne legyen feltűnő. Úgy álcázzák majd magukat, mintha valami zsoldoscsapat lennének.

Miután mindent megbeszéltek, megindultak Gordó vára felé. Az út Zanir szerint olyan öt nap is lehet, annyi idő alatt érnek oda. Fegyverzetük is különböző volt; minden volt gladiátor olyan fegyvert választott, amivel azelőtt megtanult harcolni a gladiátorokat kiképző helyen. Így tényleg úgy néztek ki, mint valami rablócsapat. Még a lovakat is lecserélték, hogy különböző színűek legyenek, ne egyformán feketék. Az ő lovaik ott maradtak a városban. Arcuk alapján sem ismerhették fel őket, mert azt a sisakjuk eltakarta, mikor a banditákkal harcoltak. Akik meg tudtak szökni, még ha összetalálkoztak volna velük, akkor sem tudhatták volna, hogy kik is ők valójában. Útjuk során Peer többször is megállt, ha valami nagyobb helységen vagy városon mentek keresztül. Hagyták a lányokat dolgozni, hogy ne legyenek feltűnőek.

Senék is találkoztak több hasonló csapattal, ilyenkor Zanir tárgyalt velük; ő már otthonosabban mozgott ezen a területen. Általában azt mondta, hogy a kikötő felé igyekeznek, mert elszegődnének kalóznak. Egyheti út után végre megpillantották Gordó várát. A kocsi haladt tovább, de Peer az egyik kísérőt hátraküldte Senékhez, hogy mi legyen a továbbiakban. Ahogy Senék meglátták a várat, megálltak, s ő felmérte a területet.

A vár valóban egy hegy tetejére épült és egy keskeny út vezetett fel a kapujáig, amit már messziről lehetett látni, így hát közelebb nem mehetett a csapatával. Sen meghagyta a hátraküldött emberének, hogy majd csak reggel, kb. egy órával napkelte előtt engedjék le a hidat – akkorra a többség már biztos aludni fog és kisebb lesz az ellenállás. Ők is megpróbálnak majd pont akkorra odaérni. A kísérő visszatért és elmondta Peernek, mit üzent neki Sen. Mikor a vár alá értek, az őrtoronyból kiszólt valaki:

– Mit akartok, kik vagytok?

– Kereskedő vagyok és örömlányokkal járom a vidéket. Ha kedvetek lenne hozzájuk, szívesen itt töltünk egy pár napot.

– Mindjárt megkérdezem, várjatok.

Egy tollas kalapos katona jelent meg az őrtoronyban és kiszólt:

– Mindenki szálljon le a kocsiról, és húzzátok le a ponyvát is. Látni akarom, mi van a kocsin.

Úgy is cselekedtek: leszálltak és levették a ponyvát róla.

– Jó, leengedjük a hidat, bejöhettek. Az embereknek jót tesz néha a friss áru, úgyis régen voltak nővel.

Behajtottak a várudvarra, ami nem volt valami nagy. A kapu oldalán állt a két őrtorony, bennük a két szerkezettel, ami a hidat leengedte, illetve felhúzta. Két-két ember kellett mindegyikhez: egy a nagy kereket tekerte, egy pedig a rögzítőt tartotta, mert amíg az nem volt felemelve, a lánckereket nem lehetett tekerni. Bent voltak, a tollas kalapos lejött hozzájuk.

– Na, lássuk a felhozatalt! – és szemügyre vette az örömlányokat.

– Nem rosszak, volt már itt silányabb áru is.

Szólt az embereinek, hogy rangsor szerint használatba vehetik az „árut”.

Az emberek köréjük gyűltek, és az első hat elment a lányokkal. Peer embereivel leült az udvaron lévő aztal mellé, és felmérte a várat belülről.

– Ahogy látom, nem lehetnek valami sokan. Eddig olyan harminc főt számláltam össze, de lehet, hogy bent a várban még vannak.

Egy nő lépett az asztalukhoz és egy kancsó bort rakott le, meg négy poharat.

– Igyanak, ingyen van.

– Köszönjük – szólt Peer, és hogy ne legyenek feltűnőek, elkezdtek poharazgatni. A bort azonban, mikor senki sem látta, az asztal alá öntötték. Besötétedett. A lányok dolgoztak, ők meg visszamásztak a kocsira, mintha csak lefeküdtek volna aludni. Éjfél után elcsendesedett minden, a lányok bent maradtak a katonák szálláshelyein, kint csak néhány részeg dülöngélt, de előbb-utóbb azok is eldőltek és elaludtak. Az őrtornyokban az őrök ébren voltak és egymással beszélgettek.

– Lassan itt az idő – szólalt meg Peer. – Én Brett-tel a bal, ti ketten a jobb toronyba mentek. Miután az őröket elintéztük, leengedjük a hidat.

Úgy is tettek, azonban a lánc csörgésére több katona is előjött, úgyhogy a kaput alig volt idejük kinyitni. Szerencsére Senék már ott voltak, és behatoltak a várba. Túl nagy ellenállás azonban nem volt; a legtöbben aludtak. Akik ellenálltak, azokkal hamar végeztek, de a vár belsejébe nem tudtak bemenni, mert a kapu belülről volt bezárva. Aki megadta magát, azt bezárták az istállóba. A lányok ott maradtak a katonák szálláshelyein. Sen szólt Peernek, hogy húzzák fel a hidat, nehogy valakik meglepjék őket kintről.

– Most mi legyen? Nem tudunk bemenni.

– Majd én megoldom – szólt Rass, a hatalmas viking, majd két kézbe fova nagy, kétélű baltáját, elkezdte vele a nagy faajtót aprítani. Két óra elteltével sikerült úgy átvágni az ajtót, hogy annak egyik fele beszakadt és kidőlt a helyéről, de akkorra bent már várták őket, s megkezdődött a küzdelem.

Sen is elveszítette két emberét, hisz' most nem volt rajtuk páncéling, így ők is sebezhetővé váltak. Mindkettővel nyíl végzett. A tollas kalapost élve fogták el. Bementek a nagyterembe. A falnak támasztva ott találták az elefánt agyarait, a falon pedig az oroszlán bőrét, amit Sen a basának adott. Több más dolgot is felfedeztek, ami valaha a basáé volt, valamint azonkívül sok máshonnan összerabolt kincs ott hevert.

Sen, miután szétnézett, a tollas kalapos elé lépett.

– Hol vannak a nők?

– Milyen nők?

– A foglyok, akiket ide hurcoltatok a basa karavánjából.

– Tőlem nem tudok meg semmit, az biztos.

– Te csak azt gondolod. Rass, intézkedj, gondolom, te szóra bírod.

Rass kiment, kisvártatva egy húskampóval és kötéllel a kezében tért vissza. A kötelet a húskampóra kötötte, átdobta egy gerendán, majd a fogolyhoz lépett. A húskampót belevágta a vállába és átforgatta a vállcsontja alatt, majd a kötéllel a levegőbe húzta a foglyot. Az ordítani kezdett, nagy fájdalma lehetett.

– Engedj le, engedj le, elmondok mindent!

Sen intett Rassnak, aki erre leengedte.

– A kérdés ugyanaz: hol vannak a nők?

– Ha elmondom, elengedsz?

– Igen, megígérem.

– A várkapitány elvitte őket a kikötőbe és el akarja adni keleti rabszolgakereskedőknek, azok jó pénzt fizetnek értük, főleg ha szűzek is vannak. Ennyit tudok.

– Melyik kikötőbe?

– Rinalába. Most már elengedsz?

– Igen – intett Rassnak, hogy engedje el, majd az ablak felé mutatott.

Rass felkapta a fogylot, majd kihajolt vele az ablakon és ledobta a mélybe.

– Na, el lettél engedve, nem reklamálhatsz. Rinalába. Azt sem tudom, hol van az – szólt Sen.

– Én igen – vágott közbe Zanir. – A Nyugati és a Déli királyság határán lévő nagy kikötőváros és kereskedelmi központ. Ott sokféle-fajta ember megfordul, a királyságok mindenféle embere megtalálható. Kalózok, bűnözők, rabszolgakereskedők, tolvajok, szinte minden aljanépség, épp azért, mert egyik királysághoz sem tartozik, egy önálló városállam.

– Milyen messze van?

– Hát, nincs közel. Azt pontosan én sem tudom megmondani, hány napi járásra van.

Sen leült a nagy asztalhoz és elgondolkodott, hogyan tovább.

– Kutassátok át a termeket, hátha találunk még valami használható nyomot. Annak, hogy utánuk menjünk, nem sok értelmét látom, hiszen nem ismerjük a Nyugati királyságot és csak úgy kóborolnánk összevissza, meg előbb-utóbb még jobban megfogyatkozna a csapat a páncélingek védelme nélkül.

A legjobb, amit tehet, hogy visszatér anyjához és apjához, talán lesz valami jó ötlete valakinek, mit is csináljanak. Sid lépett hozzá.

– Gyere csak, találtunk valami érdekeset.

Az egyik szobában a fal közepén furcsa, nagy foltot mutatott neki Sid.

– Ez olyan, minta nemrég falazták volna be.

– Valóban. Rass, be tudod szakítani?

– Hát persze, álljatok félre – és nagy fejszéjével elkezdte a falat ütni, ami nem sokáig állt ellen, beszakadt.

– Hozzatok fáklyát! – szólt Sen. Siddel és emberei egy részével beléptek. Még egy szoba volt különböző ládákkal, amiket úgy rabolhattak össze.

– Hordjatok ki mindent a világosságra.

Kint sorra felnyitották a ládákat és rabolt pénz, értékes fegyverek, ruhák kerültek elő. Sen hirtelen az egyik ládánál megállt; ezt megismerte, a basa ládája volt. Lehajolt és felnyitotta – tele volt arannyal és több zacskó drágakővel.

– Idenézzetek, a basa kincse! – Mindenki köré gyűlt.

– Pakoljátok fel a kocsira az összeset. Elvisszük apám várába, és ott szétosztjuk.

Mindenki egyetértett vele.

– Rakjátok fel még az elefánt fogait meg az oroszlán bőrét is.

– Az nem fog, hanem agyar – szólt Peer.

– Jól van, na, akkor legyen agyar. Mindig is tetszett nekem az a hatalmas állat. Legalább ez megmarad emlékbe.

Mindent felpakoltak, amit érdemesnek találtak arra, hogy elvigyék. Szóltak az örömlányoknak is, hogy készülődjenek, mert indulnak vissza, de ők azt mondték, inkább itt maradnának. Kiengedték az életben maradt katonákat is, és elindultak visszafelé. Egy erdő széléln eltemették két halott társukat és elbúcsúztak tőlük.

Egy kisebb városon haladtak át és ott is töltötték az éjszakát, de előtte az ivóban kicsit feloldódtak. Sok szép lány táncolt egy pódiumon, és a fogadóban is sok ember gyűlt össze. A lovaikat és a kocsit a fogadó melletti karámban hagyták. A kincsesládákra szénát szórtak, így azok sem voltak feltűnőek.

Az egyik nagy asztalnál furcsa külsejű emberek ültek. Magas, erős felépítésű és világos hajú férfiak, fejükön furcsa sisakot viseltek, a legtöbbnek szarvak álltak ki belőle. Olyan tizenöten lehettek, elég modortalanul viselkedtek, és akibe csak tudtak, belekötöttek.

– Milyen népek lehetnek ezek? – kérdezte Sen.

– Vikingek, az én népem – szólt Rass. – Azt hiszem, ismerem az egyiket. Maradjatok itt és akármi is történik, ne gyertek oda.

Rass felállt és köpenyének csuklyáját az arcába húzta, így nem lehetett látni az arcát. Odalépett a duhajkodó vikingek asztalához és nagyot rácsapott.

– Viselkedjetek, mert kihajigállak benneteket az udvarra.

Több viking is felugrott – meglepődtek, hisz' nem nagyon mert senki beléjük kötni.

– Ezért megfizetsz, miszlikbe aprítunk!

Négyen megindultak felé.

– Mi van, Orond, egyedül nem mersz kiállni velem? Az embereid mögé bújsz gyáva féreg módjára?

– Honnan tudod a nevem? Ki vagy te?

Rass lehúzta arcáról a csuklyát.

– Ross, testvérem, hát élsz!

Orond a nyakába borult és összeölelkeztek. A többi harcos is üdvözölte Rasst, hiszen többen is ismerték. Orond Rass bátyja volt. Több évvel ezelőtt külön indultak el portyázni, a Keleti és Déli királyságok kikötőit és településeit fosztogatták, mikor Rass az egyik alkalommal fogságba esett, így lett belőle rabszolga. Mivel nagy, erős ember volt, kiképezték gladiátornak őt is. Leült hozzájuk, és röviden elmesélte a történteket.

– És ti merre jártok? Hiszen itt nincs tenger.

– Egy hadúrhoz igyekszünk, embereket toboroz valami hadjárathoz.

– Nem akartok inkább hozzánk csatlakozni? Ott ül a kapitányunk, beszélek vele.

– Ha van pénze felfogadni bennünket, akkor szívesen, meg ha te is hozzá tartozol, akkor inkább a ti oldalatokon leszünk.

Rass visszament a társaihoz és elmondta, hogy Orond a testvére és szeretné, ha Sen felfogadná őket, mert jó harcosok és kiváló hajósok is. Ki tudja, lehet, hogy egyszer szükség lesz rájuk.

– Hajósok… adtál nekem egy jó ötletet – szólt Sen. – Sid, hozz be egy zacskó aranyat.

Sid kiment Rass-sal, és a kocsiból behoztak egy zacskó aranyat. Átadták Sennek. Sen Siddel és Rass-sal a vikingekhez lépett.

– Hallom, elszegődnétek, ha jól megfizet valaki benneteket. Nos, hát legyen. Rass azt mondta, jó harcosok és hajósok vagytok. Nekem az ő szava elég, de csak úgy fogadok fel bárkit, ha utána a parancsaimnak engedelmeskedik. Továbbá nálam az árulás vagy szökés halálbüntetéssel jár. Ha ezt elfogadjátok, felfogadlak benneteket és bőségesen meg is fizetlek. Íme, előlegként egy zacskó arany – és az asztalra tette a pénzt.

– Ha Rass elfogadta, akkor mi is – felelte Orond.

Másnap reggel indultak is tovább. Sen elmondta az így már kibővült csapatának, hogy nem mennek el a megmentett városba, hanem két emberét elküldve meghagyta nekik, hozzák el onnan otthagyott lovaikat, ruháikat, valamint fegyvereiket. Ők Tenéz király várában bevárják őket.

Pár nap múlva elérték Tenéz király várát, ahová alig akarták őket beengedni, meglátván a viking harcosokat – nem volt valami jó hírük –, valamint Senéket sem ismerték fel. Rablóbandának tűntek. Csak akkor nyitották ki a kaput, mikor Sen felfedte magát.

– Már a saját szövetségeseiteket sem akarjátok beengedni? Milyen vendégszeretet ez?

A király, mikor meghallotta Sen hangját, kiadta a parancsot:

– Gyorsan nyissátok ki a kapukat!

Senék belovagoltak.

– Nem ismertünk meg benneteket. Milyen öltözetben vagytok és kik vannak veletek?

– Majd elmondom. Ők az új embereim, akik csatlakoztak hozzám.

– Ennyi nekem elég. Hallottam, milyen elképesztő módon számoltad fel a banditasereget, amely a városaimra támadt. Rövid időn belül lekaszaboltátok az öszeset, a többi, aki megmenekült, inkább a folyóba vetette magát, minthogy veletek szembekerüljön.

– Ez egy kicsit túlzás, de az a fő, hogy győztünk és a város megmenekült.

– Gyere, fáradj beljebb, hercegem.

– Herceg? Hát nem kapitány? – fordult Orond Rasshoz. – Ezt miért nem mondtad?

– Ő valójában a felsőhegyi királynak, Tamirnak a fia, és országának a trónörököse, Sen herceg. Úgyhogy egy herceghez szegődtetek el – mondta Rass.

– Felség, szeretnénk magunkról lemosni az út porát, meg valami más öltözetbe bújnánk. Ha tudnál számunkra adni valamit, szívesen átöltöznénk.

– Természetesen, válasszatok a ruhatárból, amit csak akartok, a fürdőt meg tudjátok, hol van. Utána várunk benneteket a trónteremben.

Mikor átöltöztek, már máshogy néztek ki. A vikingek saját ruhájukban maradtak, mondván, hogy ők már azokat megszokták.

Sen Sidhez fordult.

– Lesz számodra egy meglepetésem.

– Micsoda?

– Majd időben megtudod, addig is ezt tedd a zsebedbe! – és egy dobozkát nyomott a markába.

Beléptek a trónterembe. Látta, ahogy Sid szeme felragyogott, ahogy Helnát megpillantotta.

A király felállt, és fennhangon közölte:

– Köszöntök mindenkit, aki jelen van a trónteremben, de külön köszönet jár Sen hercegnek és bátor csapatának, akik a városunkat megmentették a pusztulástól.

– Nekem lenne egy kérésem, és örömömre szolgálna, ha teljesítenéd – szólt Sen.

– Az csak természetes, mondd csak.

– Én, Sen herceg, a szomszédos királyság trónörököse, szeretném Sid lord számára megkérni a lányod, Helna hercegnő kezét. A nála lévő gyűrűvel eljegyezhetnék egymást.

Néma csend lett a trónteremben, végül a király szólt:

– Én nem ellenzem. Ha feleségem, a királyné és Helna is beleegyezik, akkor Sid feleségül veheti lányomat.

– Sőt örülök is, hogy olyan férfihoz megy hozzá a lányom, akit szeret – mondta a királyné, majd lányára nézett.

– Válaszolj te is valamit!

Helna szeme szinte ragyogott a boldogságtól, hiszen szerette Sidet.

– Igen, örömmel hozzámegyek.

Sid meg sem tudott szólalni, csak ott állt.

– Menjé már, húzd a menyasszonyod ujjára a gyűrűt!

– Milyen gyűrűt?

– Hát ami abban a dobozkában van a zsebedben.

Sid tétován odalépett Helnához, elővette a zsebéből a dobozkát és kinyitotta. Egy csodálatos rubinköves gyémántgyűrű volt benne. Kivette, és Helna ujjára húzta.

– És most csókold meg a menyasszonyt! – szólt neki Sen.

– Lehet? – nézett a királynéra.

– Hát persze, hisz' már a jegyesed.

Sid átölelte Helnát, és forrón megcsókolták egymást.

– Akkor ezt az eljegyzést este illően meg is ünnepeljük – szólt a király.

Sen a királyhoz lépett.

– Felség, szeretnék embereimmel a lovagteremben megbeszélést tartani, ha megengeded.

– Menjetek csak! Te aztán jól mgleptél ezzel a lánykéréssel... nem is tudtam, hogy kettőjük közt van valami.

– Csak te nem tudtál róla, felség, a feleséged már igen, de ne aggódj, Sidben egy megbízható, rendes férjre talált a lányod.

Ezután embereivel a lovagterembe vonult tanácskozni. Sen megszólalt.

– Sid, te maradj itt és ismerd meg jobban a jegyesed, majd ha a hadnagy megérkezik a seregével meg a mi felszerelésünkkel, gyertek utánunk apám várába, a fővárosba. Orond és Rass, az a tervem, hogy visszatérve elmegyünk Barandba. Az apám egyik kikötővárosa, és akarok építtetni három hajót, amivel a Déli és Nyugati királyság felé vesszük az irányt. Talán megtudok valami az elrabolt és rabszolgának eladott nőkről.

– Herceg, nekem lenne egy jobb ötletem – szólt Orond.

– Igen? Hallgatlak.

– Én visszamennék a hazámba, a hó és jég országába, hoznék neked hajóépítő mestereket, meg jó tengerészeket és harcosokat, mert arra is szükséged lesz, ha ilyen útra akarsz menni.

– Ezt én is jó ötletnek tartom. Szólok is a királynak, biztosan ad egy hajót, amivel haza tudsz menni.

Zsebéből egy kisebb zacskót vett elő, belenyúlt, és öt gyémántot adott Orondnak.

– Ha ezeket eladod, annyi pénzt kapsz, hogy fel tudsz fogadni embereket, de csak olyanokat hozz, akik elfogadják ugyanazokat a feltételeket, amiket rátok is kiszabtam.

– Jó, de szeretném, ha Rass is elkísérne, hogy ismét találkozhasson a szüleinkkel.

– Rendben van.

Sen beszélt a királlyal, aki adott is neki egy hajót a kikötőjéből. Sid itt maradt jegyesével, hogy bevárja hadnagyot és a seregét, Sen pedig másnap az embereivel és a vikingekkel együtt megindultak apja vára felé a fővárosba, Ranába.

Azt, hogy miként építi fel flottáját, milyen kalandok várnak rá a déli és keleti tengereken a kalózok között, és megtalálja-e szerelmét, a következő könyvből megtudhatjuk.

Vége

Tartalom

Egy izgalmakkal teli történetet, egy igazi kalandregényt olvashat, aki kezébe veszi ezt a könyvet. Két volt rabszolgafiúról szól, kiket még kiskorukban elszakítottak szüleiktől és eladtak rabszolgának. Később egy gladiátoriskolába kerültek, majd sok kaland közepette a keleti pusztaságon át visszatértek hazájukba. Útjuk során akadályokba ütköznek: kobrával, oroszlánnal és banditákkal kerülnek szembe, valamint egy mérgespók is lelassítja őket.

Vajon hazatérésük után nyugalomban élhetnek, találkozhatnak-e rég látott szüleikkel? Megtalálják-e vajon a szerelmet, boldogságot, és valóban igazi hősökké válnak? Ez a könyv végére kiderül minden kedves olvasó számára, aki idejét nem kímélve elolvassa ezt a történetet.

II. rész

Miután Sen megérkezett a fővárosba, ott is nagy feltűnést keltettek a viking harcosok rossz híre miatt, de Sen kiállt mellettük: ők már hozzá tartoznak, nem fosztogatni jöttek. A királyi várban apja, anyja és a húga már nagyon várták visszatérését. Sid szülei meg is lepődtek, mikor fiuk nélkül tért vissza Sen. Lona mindjárt meg is kérdezte:

– Sid hol van? Csak nem történt vele valami?

– Később jön majd, a másik sereggel, és egy nagy meglepetésre is számíthatnak.

– Meglepetésre? Milyen meglepetésre? Sen, beszélj már!

– Többet nem mondok, ezt az ő dolga lesz elmondani.

Üdvözölte szüleit meg a húgát, bemutatta az új embereit és elmesélte az újabb kalandját, ami a távollétében történt vele és embereivel. Mira sajnálta, hogy fia nem jutott a kedvese nyomára.

Sen közölte apjával, hogy el szeretne utazni és hajót építeni, hogy azzal keresse meg a kedvesét. A király Barand kikötőjét ajánlotta, majd elmondta, hogy neki is van hajója, nem kell építeni. Sen azonban erősködött, hogy neki saját építésű hajó kell.

Sokáig elhúzódtak a beszélgetések, beszámolók, úgyhogy már késő este volt, mikor nyugovóra tértek. Másnap Sen öszszehívta embereit megbeszélésre.

– Úgy gondolom, ti is elfáradtatok a sok kalandban, így azt javaslom, térjetek haza új birtokaitokra, amit kaptatok, és nézzétek meg, hisz' még nem is láttátok. Úgyis hosszú ideig fog tartani, míg a hajót megépítik.

Emberei viszont közölték vele, ők nem mennek semmilyen vidéki birtokra, hisz' az nem az ő életük, ők örökké harcosok voltak, így inkább vele maradnának.

– Hát, ha így gondoljátok, akkor maradjatok a várban.

Embereivel felhordták a basa kincseit, az oroszlánbőrt és az elefánt két agyarát a szobájába. Kínálta embereinek, ki-ki vegyen belőle, amennyit akar, de az sem kellett nekik; azt mondták, jobb, ha egy helyen van, ha pénzre van szükségük, Sen mindig ad nekik.

Sen átalakíttatta a palota ezen részét, s ide szállásoltatta be embereit és a viking harcosokat. Három nap múlva megérkezett Sid is, meg a hadnagy a lovascsapatával és még egy meglepetés következett: Tenéz király hintója is behajtott a királyi udvarba. Sen, mikor hazajött, említette apjának a királlyal való jó kapcsolatát, és hogy a békekötésen túl jó lenne, ha szövetségesek is lennének. Beszélt még a rablólovagokról és banditákról is – ha támadás éri bármelyik országot, együttes erővel könnyebben legyőzhetik őket.

Apjának nem volt ellene kifogása. Sen lement eléjük és üdvözölte barátját.

– Mindjárt vendégeket is hoztál?

– Képzeld, eljött velem. Helna azt mondta, meg akarja ismerni a szüleimet, erre a királyné is közölte, hogy ő is jön, meg a testvére, Tanda is, és itt van a kíséretük is, Darak lorddal együtt.

– A szüleidnek nem mondtam el semmit, úgyhogy ez most rád vár. Be is megyek és szólok nekik, hogy ők is jöjjenek a trónterembe.

– Miért, itt vannak ők is?

– Igen, itt. Kísérd be a királyi családot, és mutasd be az udvarnak őket.

Sen ezzel elsietett, hogy előkészítse a fogadást.

A trónterem ajtaja kinyílott, és belépett Sid a vendégekkel.

A király felállt és odaszólt neki, hogy mutassa be az újonnan érkezőket. Sid szülei is ott voltak, a királytól nem messze. Sid előrelépett.

– Felség, kedves szüleim! Engedjétek meg, hogy bemutassam a menyasszonyomat, Helna hercegnőt, Tenéz király lányát, valamint Marána királynét, Tenéz király feleségét, Tanda hercegnőt, Tenéz király másik lányát, és kíséretük vezetőjét, Darak lordot.

Nagy volt a meglepetés, főleg Sid szüleinek, mert sejtelmük sem volt, hogy fiuk menyasszonnyal tér vissza, főleg nem egy hercegkisasszonnyal.

A bemutatás után mindenki közelebbről is megismerte a királyi családot. A királynő elmondta, hogy a király nem tudott eljönni, pedig szeretett volna, de országában gyakoriak a rablólovag-betörések, és a határszéleket neki kell megerősítenie.

Tamir király díszebédet adott a királyi vendégek tiszteletére.

Sennek nem volt már maradása. Másnap közölte apjával és anyjával, elmegy embereivel és a vikingekkel együtt a kikötővárosba, Barandba, hisz' nemsokára megérkeznek a hajóépítő mesterek is. Siddel közölte, hogy most ne tartson vele, maradjon itt szüleivel és menyasszonyával, ismerjék meg jobban egymást, és mivel lehet, hogy ő hosszabb ideig távol lesz, vegye át tőle ideiglenesen a királyi seregek főparancsnoki címét is. Ebbe apja, a király is beleegyezett. Nemsokára összepakoltak. Egy kisebb láda aranyat és két zacskó drágakövet vett magához és elindultak a kikötőváros, Barand felé. Sen még nem járt az ország ezen részén. Ezt a területet inkább nagy, sík mezők, kisebb dombságok jellemezték, szinte alig voltak hegyek. Egy hét múlva érkeztek meg a városba. Nagy lett a nyugtalanság, mikor a vikingeket meglátták, mert itt sem volt jó hírük a tengeri rablóknak. A tenger partján volt egy olyan erődítményféle, ott volt a város helyőrsége és a kikötő, valamint a városi vezetők és Tordon lord is ott éltek. Mivel még nem találkoztak, egy kisebb csapat élén eléjük lovagolt.

– Kik maguk és mit akarnak?

Sen odalovagolt hozzá és feléje mutatta a királyi gyűrűt.

– Sen herceg vagyok, a trónörökös.

A lord leszállt a lóról és meghajolt.

– Elnézést kérek, nem tudhattam, hogy kicsoda.

– Nem baj, hiszen még nem találkoztunk.

– Hallottam már hírét Sen hercegnek, aki legyőzte a szomszédos király seregeit, nagyhírű harcos.

– Ez most nem számít. Azért jöttünk ide, hogy hajót építsünk, amivel majd később elhajózom. Ehhez szeretném majd kérni a segítségét, valamint az embereimet kellene elszállásolni a lovaikkal együtt.

– A város felső részén, az erdő mellett van egy nagy raktárhelyiség és mellette egy fogadó, ott lenne hely bőven. Ha hajót szeretne építeni, jobb helyet nem is találhatna.

– Az akkor meg is felelne, menjünk, kísérj el bennünket.

Mikor odaértek, Sen közölte, hogy ürítsék ki a fogadót, emberei meg a raktárhelyiséget rakják rendbe, valamint a lovakat is helyezzék el valahol.

A fogadó tulajdonosát is megához kérette és közölte vele: egy időre lefoglalják az egész fogadót, míg hajója kész nem lesz, de addig is etetni meg itatni kell majd az embereit.

A fogadós közölte, úgy hetven embert tud a fogadóban elszállásolni, és a lovakat is el tudják látni. Sen ekkor elővett a zsebéből húsz aranyat és a fogadós markába nyomta.

– Itt van ez az előleg, ha majd elfogy, szólj. Étel és ital mindig legyen, később még több ember is érkezik, azokat is el kell majd látni.

Elkezdődött a pakolás. A raktárhelyiségből kihordták a felesleges dolgokat és a fogadót is elfoglalták. Sen a legfelső szobák közül választott egyet, ami pont a tengerre nézett. Hosszan bámulta a hullámokat, s megnyugtató érzés kerítette hatalmába; itt minden csendes és nyugodt volt. Öt nap múlva befutott a kikötőbe Tenéz király hajója, zsúfolásig megrakva emberekkel. Sen a parton fogadta őket. Orond és Rass szálltak ki először, és üdvözölték egymást.

– Örülök, hogy épségben megérkeztetek.

– Herceg, hoztam több mint száz embert. Vannak köztük hajóépítők, és jól képzett harcosok is.

– Tengeri rablók nincsenek – nevetett Sen.

– Lehet közöttük az is.

Kiszállás után mire mindent kipakoltak, elment az idő, úgyhogy a hajó csak másnap tudott kihajózni vissza Senóba, Tenéz király kikötőjébe.

Minden ember nem fért el a fogadóban, így a raktárhelyiségben lett számukra szállás kialakítva. Végül Sen elkezdte a megbeszélést a hajóépítők vezetőjével, Raldolffal.

– Szeretnék egy szép nagy hajót építtetni, amin útra kelnénk, hogy megkeressünk valakit, aki számomra nagyon fontos.

– Herceg, lenne nekem egy javaslatom ezzel kapcsolatban. Egy hajó kevés. Ha útközben léket kap vagy valami más baj éri a tengeren, akkor nincs tovább. Az a véleményen, hogy inkább építtessen három hajót.

Sen elgondolkodott.

– Igazad lehet, nem is rossz ötlet, akkor legyen három.

– Hoztunk egy mintát, mi milyen hajókat szoktunk építeni – vett elő az egyik ládájából egy makettett.

– Ez pont olyan kcisiben, mint a nagy hajó.

Sen hosszasan tanulmányozta; még sosem látott makettet és tetszett neki.

– Vigyétek fel a szobámba, holnapra majd véleményt mondok róla. Most egyetek, igyatok és pihenjetek, mert rátok fér egy kis lazítás a munka megkezdése előtt.

Sen hosszasan tanulmányozta szobájában a hajót. Egészen máshogy nézett ki, mint azok, amiket ő ismert. A keleti meg az itteni hajók szélesek voltak, ezzel szemben ezek hosszúkásak, kesknyebbek, és két evezősor is volt rajta, így ha nem volt szél, ami a vitorlát fújja, akkor is tudtak haladni. Reggel a szobájába hivatta a mestert, Raldolfot.

– Úgy képzeltem el, hgoy ennél hosszabb legyen és nagyobb is, a vitorla valamivel hátrébb kerüljön, az evezősor is több legyen, és ide, a hajó alá egy vastag, hosszú gerendát erősítsünk, ami úgy két méterre kilógna az elején. Annak a végébe pedig egy ék formájú bronztüskét kért, így ha ellenséges hajóval találkoznának, azzal el is tudnák azt süllyeszteni.

A mester végighallgatta Sent és közölte vele, hogy megvalósítható az ötlete, sőt még neki is tetszik. Így hát elkezdődhetett a három hajó megépítése, aminek a vikingek neki is láttak, hisz' nagyon sok fát kellett kivágni és megfelelő méretre faragni. A kikötőváros felélénkült, az itt élő emberek megszokták a vikingeket, már nem tartottak tőlük.

Sen megbeszélte a mesterrel, mekkora vitárlákra lenne szükség, majd elment és felkereste a városban a szabóságot. Elmondta nekik, mekkora vászonra van szükségük – mindjárt hat darabot varrjanak, hogy legyen belőle tartalék is. A vitorla fekete legyen, középen egy piros körben egy háromszög, a már megszokott jelzésük. A három hajót úgy alakították ki, hogy mindegyiken úgy ötven ember férjen el, valamint élelmiszer, fegyverek, ital, és ami még kell az út során.

Sen a harangöntőkkel megcsináltatta a három bronztüskét is.

A hajók lassan elkészültek, nagyon szépek lettek. A hajóépítők és mesterük is közölték Sennel, ők is szívesen vele tartanának, hisz' a hosszú út során ki tudja, mikor lenne rájuk szükség, ha valamit javítani kell. Sen elmondta nekik a feltételeit, amit azok el is fogadtak és azt mondták, nem csak a hajóépítésben jártasak, hanem a harc terén is megállják a helyüket, amit Orond igazolt is.

A hajók elkészültek. Vízre bocsátásukra a város apraja-nagyja összegyűlt.

A hajók vízre kerültek. Szépen mutatott a három hajó együtt, főleg mikor a vitorlákat is felhúzták. Sen kinevezte a kapitányokat: az első hajónak Rass, a második hajónak Orond, a harmadik hajónak Raldolf lett a kapitánya. Az első hajón volt Sen szálláshelye is, valamint ott voltak a lovagjai: Nandó hadnagy, Brett és Zamir is. Így minden hajón kb. ötven ember volt. Sen elbúcsúzott a lordtól, mindenkit kifizetett, a fogadós is visszakapta a fogadóját, s a városba visszatért a régi, megszokott élet. A hajók kifutottak, az evezők csobbanása hallatszott vízben. Haladtak új úticéljuk felé, Rinalába, ahol talán megtud valamit Amiról és családjáról.

Nem sokkal később egy lovascsapat érkezett a kikötőbe, Tordon lord fogadta őket.

– Sid lord vagyok, a barátomat, Sen herceget keresem.

– Sajnos elkésett. Ha a tengerre néz, még láthatja azt a három pompás hajót a horizonton.

Sid állt a vízparton, és a távolodó hajók után nézett. Vajon látja-e még barátját, harcostársait, kikkel annyi mindenen átestek együtt? Miután menyasszonya és a királyi család visszatért az országukba, végigjárta a családi birtokot, de valahogy nem igazán találta a helyét. Akkor döntött úgy, hogy eljön és csatlakozik Senhez, de elkésett. Visszatért hát szüleihez.

A hajók gyors járásúak voltak, könnyen siklottak a vízen, a vitorlák dagadtak a szélben.

A tengeren több hajót is láttak, a legtöbb nagy ívben elkerülte őket. Sen belekóstolt a hajózás örömeibe, jól érezte magát a tengeren. Felszabadult volt, élvezte a végtelen horizont látványát. Ahogy a tengeren haladtak, a távolban feltűnt Rinala kikötője. Nem mentek be teljesen, a hajók a kikötő bejárata előtt maradtak, majd egy csónakban kiküldte Peert, Zanirt és még tíz embert, hogy érdeklődjenek, tudjanak meg valamit a nőkkel kapcsolatban, a többiek a hajókban maradtak.

Nem akart feltűnést kelteni, főleg ennyi vikinggel az oldalán nem akart partra szállni, mert jól tudta, hogy nem nagyon szeretik őket a kikötőkben.

Peer az emberekkel sorra járta az ivókat, rabszolgakereskedéseket, de nem talált semmi nyomot. Már vissza akart térni a hajóra, mikor egy ismeretlen ember lépett oda hozzájuk.

– Hallottam, hogy kerestek bizonyos nőket.

– Igen, tudsz valamit róluk? Nem leszek hálátlan. Ha megfelelő információval látsz el, jól megfizetlek.

– Nem kell megfizetni, csak vigyetek magatokkal, mert az én két lányom is azon a hajón van, mint azok a nők, akiket ti kerestek. Egyik este rablólovagok törtek ránk, nem messze van a tanyám innen. Mindenkit lemészároltak, én is úgy maradtam életben, hogy mikor elestem, beütöttem a fejem és nagyon vérzett. Azt hitték, meghaltam, de csak elájultam. Mikor ideértem, láttam, akkor szálltak fel egy hajóra az általad leírt nők meg az én lányaim is. Sajnos egyedül voltam, így nem tehettem semmit. A többi részletet csak akkor mondom el, ha felvisztek a hajóra.

Peer nem tudott mit tenni, az idegen férfival visszatért a hajóra. A férfit Balgónak hívták. Mikor visszaértek, a férfit Sen elé vitték.

– Hercegem, nem tudtunk meg semmit. Ez a férfi azt állítja, tud valamit mondani, de csak akkor hajlandó elárulni a részleteket, ha magunkkal visszük őt is.

– Majd én szóra bírom – lépett elő Rass.

– Nem kell. Sen herceg vagyok. Ha érdemleges útbaigazítást tudsz adni és meg tudod mondani, hova vitték azokat akiket keresünk, szavamat adom, hogy eljöhetsz velünk.

– Az én két lányomat is elrabolták és feltették őket arra a hajóra, ahol azok a nők is vannak, akiket ti kerestek. Annyit sikerült megtudnom, hogy a Keleti királyság háremeibe szokták vinni a rabszolgakereskedők a nőket, és ott adják el. Még valamit tudok: a hajójuk zászlóján egy ilyen jelzés volt – és lerajzolt két Z betűt, közöttük egy karddal. Sen kiadta a parancsokat az indulásra.

– Mennyi előnyük van, mikor indultak el?

– Körülbelül egy hónapja, de a rabszolgakereskedők elég lassan haladnak, mert több helyen kikötnek árut vásárolni. Azon kívül mire a Déli királyságot megkerülik, az sok időt vesz igénybe.

Sen mindhárom kapitánynak lerajzolta a zászlót és közölte, aki először meglátja ezt a hajót, száz aranyat kap ajándékba. Teljes sebességgel megindultak a Keleti királyság felé, de az még nagyon-nagyon messze volt. Peer elmondta Sennek, hogy a Déli királyságból származik és útjuk során biztos, hogy elhaladnak majd ott is, ahol ő élt valamikor. Nem sokra emlékszik, csak arra, hogy a hely két hegy lábánál fekszik, amely a tengerről nézve is látható. Sen megígérte hű emberének, ha megismeri azt a helyet, ki fognak ott kötni. Peer azt is elárulta, hogy apja egy törzsi vezető.

– Na, a végén kiderül, hogy te is valamilyen herceg vagy talán.

– Az is lehet. Arra emlékszem, hogy a bátyámmal együtt messze kint halásztunk a tengeren. Mikor egy hajót vettünk észre, már nem tudtunk visszatérni a partra, mert nagy volt a sodrás. A bátyám beugrott a vízbe és a part felé kezdett úszni, de én nem mertem, így elfogtak és eladtak rabszolgának. Így találkoztunk annak idején.

Orond jelezte, hogy szeretne beszélni Sennel. A két hajó egymás mellé siklott.

– Ki kellene kötnünk valahol, mert a vízkészletünk nagyon leapadt, meg jó volna valami friss húst is szerezni. Úgy látom, tőlünk nem messze egy folyó ömlik a tengerbe, ott kiköthetnénk.

– Rendben – felelte Sen.

A hajók a part felé közeledtek, majd a folyótorkolatban egymás mellett kikötöttek. Mindhárom hajó legénysége és a harcosok kiugráltak a partra. Erdős, ligetes terület volt, már jócskán bent jártak a Déli királyság területén. A kikötőket elkerülték, nem akartak lassítani, minél előbb utol akarták érni a keresett hajót. A ligetes rész után hatalmas füves puszta volt, tele rengeteg különféle állattal, amit Sen még nem is látott.

Volt, aminek nagyon hosszú nyaka volt. Olyan is, ami lóhoz hasonlított, de az egész teste csíkos volt. Több állatnak volt kisebb-nagyobb szarva. Nem győzött rajta csodálkozni, és meszszelátóján nézegette őket. Orond lépett hozzá.

– Hercegem, elmennénk embereimmel vadászni.

– Jó, menjetek, de csak annyi állatot öljetek meg, amennyi hús kell az útra.

Ők közben lovagjaival a fák között sétáltak. A fákon érdekes állatok ugráltak.

– Hát azok milyen szerzetek? Olyanok, mint egy szőrös kis ember.

– Azok majmok – szólt Peer. – A hosszú nyakú állatok, amiket néztél, zsiráfok; a lószerű állatok zebrák; amiknek szarvuk van, azok az antilopok. Ami itt előttünk elterül, ez a hatalmas síkság a szavanna. Ott, nézd, távolabb, elefántcsorda.

Sen élvezettel nézte a sok állatot, amik a szavannán legeltek. Peer hirtelen megállt:

– Ne mozduljatok!

Oroszlánok heverésztek a fűben tőlük távolabb, egy nagy fa alatt épp egy állat teteméből lakmároztak.

– Menjünk inkább vissza, hagyjuk őket – szólt Peer.

Mire visszaértek, már javában sült a hús a nyárson. Épp az elejtett állatokat darabolták föl, hogy berakják őket a hajóba. Sen közölte az emberekkel, hogy még egy napot itt töltenek, mert szeretne kicsit körülnézni a vidéken.

Megcsörrent a bokor és mindenki odanézett. Két apró termetű, sötét bőrű ember jelent meg és valami érthetetlen nyelven beszéltek hozzájuk. Peer odament és megpróbált velük szót érteni, majd visszajött Senhez.

– Ezek zolonok, a szavanna aprócska népei. Nem messze van a falujuk, szeretnének velünk kereskedni. Azt mondják, máskor is szoktak itt hajók kikötni.

– Mondd nekik, hogy maradjanak itt velünk és majd holnap felkeressük a falujukat, egyenek valamit ők is.

Sen közelebb ment hozzájuk. Ruházatuk szinte nem is volt, csak valami ágyékkötőt viseltek, aprócska nyilakkal voltak felszerelve, meg egy hegyes végű bot volt náluk.

– Ezekkel mit tudnak elejteni? Madarakat?

– Ne becsüld le őket! A nyílhegyek mérgezettek, még egy elefánt is elpusztul, ha eltalálják.

Jól belakmároztak az aprócska emberek is. Nagyon ízlett nekik a bor, amit kaptak. Meg is ártott; reggel szédelegve ébredtek fel.

Sen, Peer és még húsz ember elment velük, hogy megnézze a falujukat. Háromórányi séta után oda is értek. Az erdő szélén volt, valamiféle szalmakunyhó szerű sátrakban laktak. Itt majdnem mindenki ruha nélkül mászkált. A nők és a gyerekek is. A falucska lakói csodálkozva nézték a hatalmas termetű viking harcosokat, fejükön a sisakjuk a szarvakkal nagyon tetszett nekik. Leültek a tisztás közepén, a falucska szélén. Az asszonyok különböző ételekkel kínálták őket. Többnyire finom csemegék voltak: különböző szárított gyümölcsök, szárított húsok. Sen mondta Peernek, közölje velük, ha van belőle feleslegük, akkor szívesen vinne belőle. Mindjárt meg is töltöttek két nagy kosarat. Peer megkérdezte, mit adjanak nekik érte cserébe. Az egyik kisember a Peer oldalán lévő tőrre mutatott. Peer szó nélkül lecsatolta és odaadta nekik.

Ezután összepakoltak és megindultak visszafelé. Egyszer Peer megint megtorpant. Egy furcsa állat állta útjukat. Olyan magas lehetett, mint egy ember, fején furcsa szarv volt, pont az orra hegyénél.

– Álljatok félre egy fa mögé! Támadni fog! – kiáltotta Peer, de akkor már szaladt is feléjük az állat.

Gyorsan kitértek az öklelése elől, majd mikor megfordult, az egyik viking odaugrott és baltáját az állat fejébe vágta. Az elterült.

– Ez egy orrszarvú volt.

– De hát miért támadott? Nem akartuk bántani.

– Ezek ilyenek. Szörnyen ingerlékenyek. Minden ok nélkül támadnak.

Visszatértek a táborhelyre, szétosztották a kapott csemegét és Sen közölte a sereggel, hogy indulnak tovább. Orond közölte Sennel, hogy míg távol jártak, a parttól nem messze két hajót láttak elhaladni. Fekete, halálfejes zászló volt rajtuk. Biztosan kalózok voltak. Reggel, ahogy felkelt a Nap, útnak indultak. Másnap két hajót vettek észre, amelyek feléjük tartottak. Rass elkérte Sentől a távcsövet, hogy megnézhesse a hajókat.

– Ezek vikingek – és átszólt Orondnak, jöjjön át, hátha megismeri a hajót a jelzése alapján.

A két hajó egymás mellé ért. Orond átugrott Sen hajójára és belenézett a távcsőbe. Meglepődött; a két hajó igen közel került a távcsövön keresztül.

– Igen, ez Urkund király zászlója, megismerem.

– Állítsuk meg őket, hátha látták a hajót, amit keresünk.

A két viking hajó ki akart térni a három ismeretlen és nagyobb hajó elől, de azok elállták az utat úgy, hogy nem sikerült nekik a manőver. A hajók kapitánya átkiáltott nekik:

– Nem ijedünk meg tőletek, ha harcolni akartok, bátran kiállunk ellenetek.

Orond felismerte a fiatal herceg hangját.

– Nem is kell megijedni, Normond herceg, Urkund király fia, csak álljatok meg. Csupán érdeklődni szeretnénk.

– Kik vagytok, hogy ismertek engem?

– Orond vagyok, az egyik tartományotok vezetője.

– Igen, már hallottam rólad.

A hajók lelassítottak, majd egymás mellett megálltak a vikingek. Kölcsönösen üdvözölték egymást. Az ifjú herceg elmondta, hogy egy jól sikerült portyáról térnek épp hazafelé. Orond mutatta neki a hajó jelzését, amit keresnek.

– Úgy másfél hete haladt el mellettünk – szólt a herceg. – Épp kikötni készült egy kikötőben, Sumva városánál.

– Két kalózhajóval nem találkoztatok? Tegnapelőtt haladtak el mellettünk, mikor kikötöttünk vizet meg élelmet felvenni.

– Nem, lehet, hogy éjjel haladtak el mellettünk.

Már a Déli királyság másik felén hajóztak, erre még a vikingek sem jártak. A part felől furcsa zaj hallatszott.

– Mik ezek? – kérdezte Sen.

– Tamtam dobok. Az itteni törzsek így jeleznek egymásnak.

Három nap múlva füstöt pillantottak meg a parton, és a part előtt megláttak két hajót. Biztosan rajtaütöttek a településen a kalózok.

Sen mondta, hogy haladjanak tovább, nincs idő arra, hogy közbeavatkozzanak, mielőbb érjék utol a rabszolgakereskedők hajóját. De hirtelen Sen felkiáltott:

– Nézd csak!

Peer odalépett hozzá.

– Ott a két hegy, ez a te falud.

Peer odanézett, szemében könny csillant.

– Igen, az, épp most támadták meg őket.

Sen kiadta a parancsot a támadásra, majd hozzátette:

– Legalább kipróbáljuk a hajóink orrában lévő tüskéket, hogy használhatóak-e. A két első hajó teljes sebességgel nekimegy a kalózhajók oldalának. Mikor partot érünk, kiszállunk. Csak a kalózokat öljétek meg, a bennszülötteket ne bántsátok.

A vikingeket feldobta a hír, hogy végre harcolhatnak. A kalózok hajói nem tudtak kitérni a támadás elől. A két szélső hajó orra alatt lévő tüskék recsegve-ropogva törték be a kalózok hajóinak az oldalát, majd az evezőkkel hátrafelé lapátolva kihúzták a gerendákat a nagy résekből. A kalózok hajói hamar elsülylyedtek. A vikingek és Sen emberei a partra ugráltak, s mivel túlerőben voltak, hamar legyűrték a tengeri martalócokat. Az életben maradottak megadták magukat. Azokat megkötözték, majd körülnéztek a parton. Legyilkolt feketéket és rabszíjra kötözött embereket találtak, készen arra, hogy elkezdjék őket felterelni a hajókra, majd eladják őket rabszolgának. A feketék sok jót nem reméltek attól, hogy egy másik csapat szállt partra és legyőzte a kalózokat – legfeljebb más adja el őket.

Sok volt a halott. Peer végigsétált a partszakaszon Sennel, majd a megkötözött bennszülöttekhez lépett. Riadt tekintetek követték. Egy összekötözött ember előtt megállt, lehajolt hozzá, elővette kardját és óvatosan átvágta annak kezén a kötelet, majd letérdelt elé.

– Apám, nem ismersz meg? Én vagyok az, Peer. – Az öreg bennszülött lassan felnézett.

Szemében örömkönnyek jelentek meg.

– Úgy látszik, csoda történt! Valóban te vagy az, Peer!

– Fiam! – szólalt meg egy női hang távolabb.

Peer felállt és odasietett. Anyját látta összekötözve. Gyorsan őt is kiszabadította, és magához ölelte.

– Anyám, de örülök, hogy láthatlak!

Majd szólt társainak, hogy a többi foglyot is engedjék szabadon. Nagy öröm volt, mikor megtudták, hogy Peer a rég halottnak hitt fia.

A vikingek a kalózokat őrizték. Peer apja elmondta: már többször is megtámadták a falut, de eddig időben észrevették és bemenekültek a dzsungelbe. Oda nem követték őket. Aztán mikor elmentek, előjöttek.

– Mit csináljunk a kalózokkal? – kérdezte Orond.

– Hányan maradtak életben?

– Hát nem sokan, talán tízen lehetnek.

Sen odalépett Peerhez.

– Kérdezd meg a népedet, tudnak-e velük mit kezdeni. Ha nem, akkor megöljük őket.

Peer bemutatta népének a herceget és elmondta, hogy az ő parancsnoka is. A feketék térdre borultak előtte és hálálkodtak neki. A vezető kérte, hogy hagyja itt a kalózokat, majd ők elintézik őket.

Sen parancsot adott az indulásra:

– Tovább nem maradhatunk. Indulnunk kell.

Majd Peerhez fordult:

– Ha akarsz, nyugodtan maradj itt a népeddel.

– Nem. Folytatom az utat tovább veletek.

Elbúcsúzott szüleitől és a népétől, azután hajóra szállva továbbindultak.

Ők is három embert veszítettek, három viking harcost, akiket a parton temettek el. Nemsokára egy negyedik kikötővárost pillantottak meg. Peer jól ismerte, hisz' már járt itt, mikor elfogták.

– Ez Rudon, a Déli és a Keleti királyság határán fekszik. Ez a város nem tartozik sehova. Sokfajta népség megtalálható itt.

– Itt kikötünk, hátha megtudunk valamit a hajóról, vagy az is lehet, hogy itt van a kikötőben.

A három hajó lassan siklott be, majd egymás mellett megálltak, s a partra ugráló vikingek kikötötték őket. Sen összehívta az embereket:

– Ha lehet, maradjatok együtt és érdeklődjetek a keresett hajó után. A hajókra a kapitányok jelöljenek ki őrséget és előttük, a parton is álljon őrség. Holnap reggelre mindenki térjen vissza.

Ezután ő is elindult embereivel. Csatlakozott hozzájuk még tíz viking harcos is, Rass rokonsága. Az úton mindenki kitért a hatalmas vikingek elől. Senki sem mert volna szembeszállni velük, hisz' ismerték őket, milyen vad harcosok.

Sennek az az ötlete támadt, látogassák meg az arénát, ahol a gladiátorküzdelmek folytak, hiszen mindig csak benti résztvevő volt, kintről még sosem látta, mi is zajlik ott. Behozták, bemutatták az ellenfeleket, és megkezdődött a harc a győzelemért. Utána visszavitték, és újból bilincs került rá.

A negyedik viadal kezdődött, mikor egy ismerős név hallatán Sen felkapta a fejét.

– Most Batur következik, ellenfele Taga.

Egy magas, erős harcos lépett be az arénába, kezében kard, a másikban pedig tőr. Ellenfele buzogányos gladiátor volt. Megkezdődtek a fogadások, majd a vezető engedélyt adott a viadal megkezdésére. A buzogányos nem sokáig tudott ellenállni, a kardos-tőrös gladiátor végzett vele, majd elvezették. Sen felállt és megkérdezte:

– Kié ez a gladiátor? Megveszem!

Az egyik páholyból egy kövérkés ember válaszolt:

– Az enyém, de nem eladó.

Rass odalépett hozzá, a baltájával félrelökte a páholy előtt álló két őrt, akik a hatalmas viking láttán nem is nagyon ellenkeztek.

– Nem hallottad, ember?! Azt mondta a herceg, hogy meg akarja venni, nem pedig azt kérdezte, hogy eladó-e vagy nem. Vagy eladod neki, vagy kettéváglak a baltámmal.

A kis ember úgy megijedt, hogy szó sem jött ki a száján. Végül kinyögte, hogy „tíz arany". Sen átadta neki a pénzt, majd elmentek a gladiátorért. Sen megismerte Baturt, aki még az első gazdájánál, Fornál volt vele együtt. Sokat gyakoroltak együtt, míg nem került az alkirályhoz.

Mondta Rassnak, hogy vegyék le róla a bilincseket és hozzák a szemközti fogadóba, ott lesz majd, ott akar vele találkozni. A lovagjaival beült a fogadóba, a vikingek pedig elmentek Baturért. Rassnál volt Batur tulajdonlapja, amivel a gazda igazolni tudta, hogy a gladiátor az ő tulajdona. Az aréna őrségének megmutatta, majd szólt, hogy adják át neki. Odaérve a cellához kivezették Baturt és levették róla a bilincseket.

– Mi történik most?

– Egy másik gazdához kerültél – mondta neki Rass, majd intett, hogy kövesse.

Mikor átértek a fogadóba, Baturt az asztalhoz vezették. Sen úgy ült ott, hogy ne nagyon lássa az arcát.

– Most már szabad vagy. Megvásároltalak, de mindjárt fel is szabadítalak. Oda mehetsz, ahova csak akarsz.

– Ki vagy te, és miért engedsz el?

Sen felállt, így Batur láthatta.

– Sen, te vagy az? Most ismertelek csak meg! Régi, kedves barátom, hát még élsz? Azt hallottuk, hogy lemészároltak benneteket, mikor a fővárosba vittek volna.

– Nem, nem így történt. Ez egy hosszú történet. Van egy csapatom, keresünk valakit, ha akarsz és van kedved, csatlakozzál hozzánk, örömmel venném.

– Vedd úgy, hogy már a te embered vagyok, de lenne még valami.

– Ki vele, mi az?

– Van itt még két gladiátor, akiket te is ismersz, hisz' ők is ott voltak For kiképzőtáborában és megérdemelnék a szabadságot.

Sen elővett egy zacskó aranyat és átadta Rassnak.

– Menjetek, és vegyétek meg őket.

A kis ember meglepődött, mikor ismét megjelent a páholy előtt Rass, és Batur is mellette volt.

– Mit akarsz megint?

– Még két gladiátorod kell a hercegnek.

– Kik kellenek még nekik?

– Sard és Börd – felelte Batur.

– Na, ide a papírjaikkal! – szólt Rass. – Adok értük még 30 aranyat, és többet nem látjuk egymást.

– Rendben, itt vannak.

Lementek a két gladiátorért és őket is szabadon engedték. Igazából azt sem tudták, mi történik velük, hova mennek, de Batur megnyugtatta őket: egy másik gazdához kerültek, de annak kiléte legyen meglepetés.

Átérve a fogadóba ők is felismerték volt gladiátortársukat, Sent, és ők is örömmel csatlakoztak hozzá. Sen elmondta a feltételeit: minden harcosától feltétel nélküli engedelmességet vár el, a parancsmegtagadást és a szökést halállal bünteti. Ha ezeket elfogadják, felfogadja őket és mindjárt kaphatnak is egy-egy aranyat. Miután csatlakoztak, Rass-sal elküldte őket a kovácshoz, hogy válasszanak maguknak fegyvert és reggelre legyenek a hajónál. Sen Peerrel még sötétedés előtt visszatért a hajóra.

Kisvártatva az őrszem jelentette, hogy egy férfi keresi Sent.

– Vezesd be!

– Miben segíthetek? – kérdi Sen.

– Én orvos vagyok, és fenn voltam azon a hajón, amit keresnek.

– Igen, hallgatom.

– Az egyik nő rosszul lett, és hozzá hívtak. Kiderült, hogy terhes. Aminak hívták.

Sen körül megállt a levegő. Ami terhes. Már vagy fél éve nem látta.

– És hányadik hónapban lehet?

– Úgy a hatodikban, véleményem szerint. A többi nő is egészséges, azokat is megvizsgáltam. Meg kíváncsiak voltak a kereskedők, hogy hány szűz van köztük, mert azokért jó pénzt fizetnek a háremekben.

– És tudod, hova vitték őket?

– Azt sajnos nem mondták.

Sen adott neki három aranyat. Az orvos elment.

– Erről ne szólj senkinek! – fordult Peerhez.

– Ahogy akarod.

Reggelre visszatértek a hajókra a harcosok. Kisebb csetepaték voltak a városban, főleg a vikingek okozták.

Sen három új emberét a saját hajóján helyezte el, az elesett három viking helyett pedig átküldött hármat, hogy a létszám egyenlő legyen.

Kihajóztak. Három nap múlva ismerős helyre értek: a távolban Sar vára tűnt fel. Innen indultak el valamikor. A tengeren csata zajlott. Sok hajó küzdött egymás ellen.

– Most mi legyen? – kérdezte Rass. – Meg nem kerülhetjük őket, viszont azt sem tudjuk, ki kicsoda, kinek lenne érdemes segíteni.

Sen kezébe fogta a távcsövét és a csatateret szemlélte. Tényleg nagy volt a kavarodás. A várat szemlélve látta, hogy a zászlójukon egy pajzs van, ami két lándzsát takar, és ez a jelzés van a hajókon is. Alda hercegnő jutott az eszébe: lehet, hogy bajban van.

Sen kiadta a parancsot: azokat a hajókat, amelyeken a pajzs van a lándzsákkal, nem bántják, a többit megsemmisítik, leküldik őket a tenger mélyére.

Megindult a támadás, az evezősök keményen belekapaszkodtak a lapátokba.

– Támadási tempó! – kiáltották a kapitányok.

A nehézkes hajók nem tudtak kitérni Sen gyors hajóinak támadása elől. Szinte egyszerre érték el a kiszemelt hajókat, s azoknak oldala recsegve tört be. Miután kihúzták az orrtüskéket, már az új célpont felé haladtak. Kilenc hajót süllyesztettek így el, már csak öt olyan hajó maradt, amin nem olyan zászló volt, amit Sen leírt. Ezeket a hajókat sarokba szorították: nem tudtak elmenekülni, így felhúzták a fehér zászlót, megadták magukat.

Az új alkirály, Ran nem tudta, kik ezek és miért segítették őt a csatában, de jókor jöttek, mert már kezdték őket beszorítani. Az ellenség a másik alkirály serege illetve hajóhada volt. Miután rendezte hajóit, követet küldött a három hajóra, hogy megköszönje a segítséget és megtudja, kinek is tartozik hálával.

A három idegen hajó hátrébb úszott, így az alkirály megmaradt hajói vették körbe a magukat megadó hajókat és kísérték őket a kikötőbe, ahol lehorgonyoztak. Senhez megérkeztek az alkirály követei. Sen közölte velük: csak erre jártak, és mikor látták, hogy bajban vannak, segítettek nekik majd hozzátette, hogy majd délután felkeresik az alkirályt. Miután kiléte felől érdeklődtek, bemutatkozott:

– Az Északi királyság trónörököse, Runa lordja vagyok.

A követek visszatértek és elmondták, hogy egy északi trónörökös, Runa lordja mentette meg őket. Délután ellátogatnak a várba.

Sen készülődni kezdett a lovagjaival. A megszokott fekete öltözetet húzták fel, sisakjaikkal együtt. A viking harcosok közül harmincat vitt magával, a többiek a hajókon maradtak. Négy csónakkal eveztek ki a partra. A parton már várták őket, majd a várba kísérték. Kinyílt előttük a trónterem ajtaja, beléptek.

Középen helyezkedtek el Sen emberei, a széleken pedig a viking harcosok.

– Örömünkre szolgál, hogy itt köszönthetünk benneteket – állt fel Ran, az új alkirály, és a két hercegnő, Alda és Rina.

Sen szíve hevesebben vert, mikor Aldát megpillantotta, hiszen nem felejtette el teljesen, milyen kedves volt hozzá akkor is, mikor még csak egy rabszolga volt.

– Az északi királyság trónörököse, Runa lordja vagyok – és levette a sisakját. Néma csend lett. Alda felugrott a helyéről.

– Sen, te vagy? Hát nem haltál meg?

– Igen, hercegnő, élek.

Ran szólalt meg:

– Úgy mondták el, hogy megtámadtak benneteket a bennszülöttek, mikor a fővárosba mentetek volna, és mindenkit lemészároltak, senki sem élte túl.

– Csaknem mindenkit. Huszonöten túléltük, és mikor legyőztük a bennszülötteket, eltemettük a többieket. Az alkirály is ott nyugszik az öbölben, a többi társunkkal egy sírban. Majd eltévedtünk a sivatagban, de ez egy hosszú történet.

– Remélem, elmondod majd.

– Kíváncsiak vagytok, hogyan lett egy rabszolgából trónörökös?

– Igen, de még sok minden másra is – szólt Alda.

– Akkor még egyszer megköszönöm, hogy segítettetek, és kérlek benneteket, üljetek le és vacsorázzunk együtt.

Leültek az asztal köré és elkezdődött a lakoma. A vacsora után Alda szólt Sennek, hogy kísérje ki a kertbe, szeretne vele beszélgetni. Kimentek, sokáig szó nélkül sétáltak. Mikor a kő-asztalhoz értek, Alda megállt.

– Emlékszel? Itt mentetted meg az életemet.

– Igen, a kobra.

– Sen, ugye nem tévedtél el, csak nem akartál visszajönni?

– Nem. Ha visszatérek, lehet, hogy engem okoltak volna apád haláláért. Sosem tudtam volna közel kerülni hozzád, mehettem volna vissza az arénába meghalni. Így, hogy elmentem, legalább esélyt adtam magamnak kitörni ebből a világból és egy másikban új életet kezdeni, ahol talán valaki lehetek, nem rabszolga. Mikor elértük az Északi királyságot, csatlakozott hozzánk sok jó ember. A döntő összecsapást én vezettem le, és fölényes győzelmet arattam. Később megtaláltam az édesanyámat és kiderült, hogy az apám király, és mikor a csatát is megnyertem neki, kinevezett seregei főparancsnokának. Lett családom, vagyonom, seregem, országom. Egy rabszolgának, látod… – és megmutatta Aldának a karján a bélyeget. – Ez mindig emlékeztetni fog arra, hogy ki vagyok valójában.

– Sen, az egyéniséged a lényeg, nem az, hogy valamikor mi került rád. Te rabszolga voltál, én mégis beléd szerettem.

– Igen, én is. Titokban néztük egymást, hiszen ha valaki rájön, mindjárt kis is végeztek volna, legalábbis engem. Hát ezért nem tértem vissza. Elmentem, hogy megkeressem a múltamat, és megtaláltam.

– És akkor most mit keresel?

– Most a szerelmet. Megismertem egy kedves lányt útközben, szétváltunk, és rabszolgakereskedők elrabolták. Az ő nyomában járunk már több hónapja. Mindig előttünk jár, de sosem érem utol.

– Egyáltalán utol akarod érni?

– Már nem is tudom…

Alda odalépett Senhez.

– Megkérhetlek valamire?

– Igen.

– Most az egyszer és utoljára ölelj meg. Mindig arról álmodtam, erre vágytam. Csak egyszer.

Sen átölelte, és forrón megcsókolták egymást. Sokáig tartott. Mikor befejezték, Alda megszorította Sen kezét, megfordult és elment.

Peer kiáltott a sötétben:

– Sen, Sen!

– Megyek már, mondjad!

– Képzeld, van itt egy csapat, akik látták a hajót, amit keresünk.

Sen hozzájuk lépett.

– Ti láttátok a hajót?

– Igen, mikor idejöttünk, a Zamra folyón húzták felfelé kötelekkel.

– Ez hol volt?

– A Zamra a határválasztó az alkirály birodalma és a badinok birodalma között.

– Valószínűleg Arakába vitték. Az a fővárosuk. Nem is város, inkább egy nagy erődítmény az egész. Az ura Badon basa, félelmetes hadúr, több mint ezer embere van, akik rabolnak, fosztogatnak, gyilkolnak, a világ minden tájáról szállítanak neki a háremébe nőket.

– Hogy lehet oda bejutni? Van gyenge pontja?

– Nincs, a falak nagyon magasak. Csak a kapun keresztül. De nincs állandó létszám, mert a legtöbb ember állandóan portyázik.

– Akkor azt kell elérnünk, hogy kinyissák a kaput valami módon.

– Ran, hogy lehet oda eljutni?

– Hát azon a folyón, vagy át a pusztán lóval és tevével.

– Megvan, tevével. Ez jó ötlet!

– Mire gondolsz Sen?

– Arra, hogy csinálunk egy alibi karavánt, tőlük nem messze vonultatjuk, és mikor kinyitják a kaput, hogy megtámadják, behatolunk rajta.

– Hát, talán kivitelezhető.

– Azt kérdezted, mivel hálálhatnád meg a segítséged, igaz? Add nekem az elfogott hajókat legénységgel együtt.

– Örömmel, már a tiéd is az összes.

Sen embereivel a hajókhoz ment. Ott rostokoltak a kikötőben, a legénység nem szállhatott partra.

Sen felment a legnagyobb hajóra a vikingekkel, mert tőlük féltek a legjobban.

– Ki a kapitány?

– Én vagyok a kapitány, és egyben az alkirály fia is.

– Hogy hívnak?

– Kalda herceg.

– Na, Kalda herceg, kaptok egy esélyt. Vagy megölünk mindenkit, hajóitokat eladjuk, vagy teljesítitek parancsomat, és akkor visszakapjátok a hajóitokat és hazatérhettek a szülőföldetekre.

– Mit kell tennünk?

– Választani. Elfogadjátok vagy nem?

– Elfogadjuk, elfogadjuk! – kiáltották az emberek.

– Akkor mondom, hogy mit: elfoglaljuk Araka fővárosát. Ebben fogtok ti is segíteni, vagy meghaltok.

– Segítünk, de nem lesz egyszerű.

– Hányan vagytok?

– Úgy háromszáz emberem maradt.

– Gyere te is velünk a megbeszélésre, és hozhatsz még egy tisztet is.

Elindultak, a nagyteremben gyűltek össze. Megbeszélték, hogy indítanak egy alibi karavánt úgymond csalinak, és ha megtámadják, akkor behatolnak a kapun. Sennek százötven embere volt, Kalda hercegnek háromszáz. Ran is tudott adni háromszáat, az összesen hétszázötven ember.

– Talán elég lesz – szólt Sen. – Meg kell egy karaván is. A hajók itt maradnak. Tudunk annyi lovat szerezni? – kérdezte.

– Van még több is, meg vannak, akik tevén mennek.

– Mennyi időbe telik, míg odaérünk?

– Négy-öt nap, de még mindig van egy probléma. A falakról is messze el lehet látni, és ha megpillantják a csapatot, biztosan nem jönnek ki.

– Akkor azt csináljuk, hogy előző nap éjjel odalopózunk és betemetjük magunkat a homokba, majd mikor kinyílik a kapu, akkor támadunk. Közben a többiek is odaérnek lóháton – szólt Sen.

– Ez így már jobban hangzik – szólt Ran.

Megkezdték a pakolást, készülődést. A hajókat kikötötték, a fegyvereket kipucolták. Igazi méhkas volt, akkora volt a nyüzsgés.

Sen egyedül akart lenni, hogy jobban átgondolja az egész akciót. A kőpadon üldögélt. Odalépett hozzá Alda.

– Ha nem jól sikerül az akciótok, visszatérsz még ide legalább elbúcsúzni? – és Sen vállára tette a kezét.

Sen felé fordult:

– Igen, visszatérek. Elbúcsúzom attól a nőtől, akibe életemben először lettem szerelmes, igaz, reménytelenül.

Alda odasimult Senhez.

– Én is reménytelenül beleszerettem egy rabszolgába.

Ismét összeölelkeztek, és megcsókolták egymást.

– Azt mondtad, a tegnapi volt az utolsó.

– Hát nem minden nap lehet egy tegnapi.

Sent keresték.

– Mennem kell. – Lehúzta ujjáról az egyik gyűrűjét és odaadta Aldának. – Ez apám gyűrűje.

Ezért vissza kell jönnöm. Vigyázol rá addig?

– Igen, vigyázok rá, akármeddig kell is.

A csapat összeállt, felpakolták a karavánt. Sen elkezdett intézkedni.

– A karaván már elindulhat. Mindig a folyó jobb partján halad. Mikor az erőd közelébe ér, úgy két kilométerre haladjon el mellette. Az elég idő lesz, hogy mielőtt lecsapnának rájuk, elhárítsuk azt. A vikingek már előző este beássák magukat a homokba a vár nyugati oldalán és megvárják, míg kinyitják a kaput. Kalda herceg az én csapatom után jön. Mi a megszokott ék alakzatban támadunk, ők pedig azokat ölik meg, akik átcsuszszannak. Ran emberei a karavánt védik. Mindenki megértette, mit kell csinálnia?

– Igen, igen, igen.

– Akkor indulás.

A karaván lassan haladt, így ők sem tudtak sietni.

Egy hét múlva pillantották meg Arakát. Hatalmas építmény volt magas falakkal, a folyó a vártól olyan ötven killométerre folyt, rajta egy híd. Ott, ahol most ők voltak, még nem lehetett őket látni. Sen megszólalt:

– Megvárjuk az estét.

Peer lépett oda hozzá.

– Nézd, ott a hajó is.

– Látom, biztosan valahol elkerültük, hogy nem vettük észre.

– Nem, szerintem felhúzták a folyón, és mi csak utána haladtunk el.

– Na mindegy, az a fő, hogy itt vagyunk. Mindenki maradjon csendben!

Besötétedett, a vikingek elindultak a megbeszélt helyre. Nagy takarókat vittek magukkal, amik alá elbújhattak. A karavánnak utasították, hogy keltsenek jó nagy zajt. Felkelt a Nap, elindultak. Badan basának jelentették, hogy egy karaván halad a túlparton; tevék, meg elég nagy kísérete is van.

– Nagy kíséret, értékes zsákmány.

– Lehet, hogy ez az a szállítmány, amiről beszéltek – szólt Arka herceg, a basa fia.

– Milyen szállítmány?

– Aranyat meg tevét visznek északra.

– Akkor nem kell már messze vinniük. Szedd össze az embereket, támadunk.

– Igen, apám. Mennyi lovast vigyek?

– Úgy háromszázat, hogy hamar legyőzzük őket. Mi meg csinálunk helyet az udvarban.

Összekészülődtek, elővezették a lovakat, készültek a támadásra. Úgy látszott, Sen terve bevált: kinyílt a kapu, lovasok özönlöttek ki rajta, egyenest át a hídon, a karaván felé.

– Jól meglepjük őket – szólt a basa.

El akarták kezdeni a pakolást, mikor a kapun ismeretlen harcosok özönlenek be. A vikingek nem kíméltek senkit. A basa emberei ellenálltak, de a hatalmas harcosok sorra ölték őket nagy fejszéikkel. Élet-halál harc folyt.

A lovascsapat is meglepődött, mikor a karaván felé tartva oldalról egy ismeretlen, fekete csapat rontott tájuk. Sen ismét ék alakzatban támadott. Középen kapta el a basa csapatát és szétválasztotta őket, mögöttük Kalda herceg támadott, a karaván felől pedig Ran alkirály. Két órán keresztül folyt a harc, a basa embereit megölték, egyet sem hagytak életben.

Megindultak a várat bevenni. Ott is véres harc dúlt, hisz' a basa emberei túlerőben voltak, s az első meglepetésből magukhoz térve keményen harcoltak. Mikor Senék megérkeztek, változott a helyzet: egyszerre három oldalról támadtak. A volt gladiátorok körül aratott a halál, hiszen igazi gyilkológépek. Csak hullottak az emberek, mint a legyek, a beszorítottak nem láttak kiutat. A basa jelezte, hogy megadja magát.

– Tegyétek le a fegyvert, nem érdemes tovább harcolni, megadjuk magunkat.

Sen lépett elő.

– Vonuljatok oda egy helyre, a fal mellé.

Úgy százan maradhattak, de Senéknek is voltak veszteségeik.

– A vikingek vigyázzanak rájuk, míg mi bejárjuk a várat.

A basa kezét hátrakötötték. Teremről teremre jártak. Hatalmas vár volt nagy termekkel. A szolgák nem ellenkeztek, mikor a basa utasította őket, vonuljanak ők is le a katonákhoz. Peer talált lent cellákat, oda be is zárták a foglyokat, így a vikingeknek sem kellett rájuk vigyázni. Tíz társuk elesett, Kalda herceg úgy harminc főt veszített. Rannak is volt ötvenfős vesztesége.

Sen közölte a basával, hogy azokat a nőket keresi, akiket a hajó hozott ide.

– Azokért harcoltatok és pusztítottátok el a seregemet? Nők miatt?

– Mutasd a nők szálláshelyét.

Egy nagy helyiségbe léptek be. Volt fürdő is, nagyon kellemes illat, párnák, vánkosok a földön, lefátyolozott, elkerített területek.

– Hol vannak a nők?

– Hát a szobájukban. Itt mindenkinek külön szobája van.

Sent követték emberei, valamint Balgó, ki a lányait kereste.

– Az újonnan érkezettek ott hátul vannak, egy helyen.

Sen lassan az ajtóhoz lépett és benyitott.

Voltak bent nők, de nem azok, akiket ő keresett, csak Balgó örült meg, mert az ő két lánya ott volt. Odaszaladt, átölelte őket, nagy volt az öröm. Sen odahívatta őket magához.

– Hol vannak azok, akikkel együtt utaztatok?

– Hát itt.

– Mikor Rinalában beszálltatok, ott még nyolc nő csatlakozott hozzátok. Én őket keresem.

– Ja igen. Azok között volt egy terhes nő is, őket, mielőtt ideértünk volna, eladták.

– Eladták? Kinek adták el?

– Nem tudjuk. A hajóhoz jött egy kisebb másik, átpakolták és elvitték őket. Ennyit tudok mondani.

Sen a basához fordult

– Kinek adták el őket?

– Én nem is tudtam róla, az a kapitány saját üzlete lehetett.

– Peer, Rass! Ide gyorsan!

– Parancsolj, hercegem.

– Keressétek meg az összes embert, aki a hajón szolgált, és zárjátok őket külön. Ha megvan, szóljatok. A hajóról mindent hordassatok be ide, hogy átnézhessem, utána gyújtsátok fel a hajót.

Ran alkirály lépett oda Senhez és közölte vele, hogyha neki nem kell, ő szívesen megtartaná magának ezt az erődöt. Királyságának határának védőbástyája lenne.

– A tiéd lehet. Temessétek el a halottakat, mindenkit a szertartása szerint.

Mikor megtörtént, Sen megkérdezte Rant, mi a szándéka a nőkkel.

– Itt maradnak, úgyis ez az otthonuk.

Peer jelent meg.

– Nem sokat találtunk. Csak öt ember maradt életben közülük. Bezártuk őket külön.

– Jó, megyek, csak előbb átnézem a holmit, amit a hajóról felhordtak ide.

Sokféle csecsebecse, díszes holmik, fegyverek, ékszerek és egy kisebb láda arany. Többön felismerte a basa családjának jelét.

Lement a tömlöcbe, ahol az öt embert őrizték. Zanir is követte.

– Kinek adtátok el azt a nyolc nőt, akit még Rinalában szedtetek fel a hajóra?

Néma csend volt.

– Kérdezd meg tőlük te, Zanir, lehet, hogy nem értik, amit mondok nekik.

De Zanir sem járt eredménnyel.

– Rass, próbáld meg te. Neked talán sikerül.

Rass kiemelte az egyiket, egy oszlophoz vitte és odakötözte. E egy láncot átfűzött a térde körül, a másik felén elkötötte, majd beledugta a baltája nyelét és csavarni kezdte. A szerencsétlen ember térde ropogva tört össze. Ő nagyot ordított fájdalmában.

– Hagyja abba, inkább beszélek!

Sen odalépett:

– Hallgatlak.

– Nem adtuk el őket, hanem megbetegedtek és le kellett őket rakni hajóról Bara városa mellett. Van egy olyan hely, ahol az ilyen betegeket gyógyítják, oda lettek szállítva.

– Na, összepakolunk és indulunk is, legalábbis mi.

Ran szólt, hogy ő még marad, még sok elintéznivalója van.

– Kalda herceg, ha visszaérünk, megkapod a hajóidat és mehetsz haza.

– Köszönöm. Te egy kivételes hadvezér vagy. Így megszervezni egy támadást, és csak kevés veszteségünk lett... Örömömre szolgált veled együtt csatázni.

– Köszönöm. Elárulod nekem, miért támadtátok meg az alkirályt?

– Tengeri vitánk volt egy kikötő hovatartozása végett. De így, hogy veszítettem, az övék maradt.

– Adok neked egy jó ötletet. Miért nem veszed el Rina hercegnőt? Mint szövetséges, lehet, hogy megkapnád.

– Erre nem is gondoltam, de nagyon jó ötlet. Ha visszaértünk, megkérdezem majd tőle, hogy

megengedi-e, hogy udvaroljak neki.

Sennek új ötlete támadt.

– Peer, még nem lett felgyújtva a hajó?

– Nem.

– Akkor ne is legyen. Mindenki ide, új parancs! Felszereljük ezt a hajót, viszek annyi embert, amennyit csak tudok, a többiek elmennek a hajókért és Bara városa előtt találkozunk. Indulás!

Felkészítették a hajót, bepakoltak élelmet, italt, valamint a talált kincseket. Elindultak a folyón. Lefelé könnyű volt, mert vitte őket a sodrás, csak kormányozni kellett. Kiérve a tengerre már nem volt ilyen egyszerű, mivel nem voltak rajta evezők. Csak a vitorlák hajtóerejére számíthattak, így nagyon lassan haladtak. Két hétbe tellett, mire odaértek. Volt olyan nap is, mikor egy métert sem tudtak megtenni, mert szélcsend volt. Sen kitalálta, hogy ha leengednek két csónakot és azt a hajó elejére kötik, akkor lassan tudják vontatni azt, de ez igencsal fáradságos volt azoknak, akik eveztek. Nem mentek ki a partra, hanem leengedtek egy csónakot, és úgy tízen kieveztek a partra.

A kikötöben bizalmatlanul fogadták őket. Elmondták, hogy egy nagy úr megbízásából jöttek ide. Úgy tudják, ide hozták a családját, mert megbetegedtek. Közölték velük, hogy a város úgy jó négy-öt kilométerre van, ott vannak a betegek, de nem látogathatóak, mert fertőző betegségben szenvednek. Innen visznek nekik néha ételt meg italt. Leprások.

Sen nagyon elszomorodott. Épp mikor megtalálja őket, akkor éri a baj. Akkor eszébe jutott neki az, amit Marána királynő mondott: akit a narancssárga hasú pók megmart, annak nem árthat semmilyen méreg, sem betegség. Közölte embereivel, hogy maradjanak itt és várják meg, míg visszatér. Átöltözött egy kopott, koszos ruhába és a következő étel- és italszállításkor elment be, a körülzárt táborba. Bent nagy volt a bűz.

Nagyon sok volt a koszos ember, akiknek testükön sok-sok seb látszott. Arcát eltakarva bolyongott köztük. Amit kereste. Egyszercsak megpillantotta Kádót, Ami anyját. Odament hozzá.

– Kádó!

– Sen, Istenem! Hát igaz lehet ez?! Gyere gyorsan, Ami éppen most szül.

Egy kis, barlangszerű épületbe mentek be. Ami egy matracon feküdt, minden véres volt körülötte.

Kezében tartott egy csecsemőt.

– Ami, kedvesem!

Ami felnézett, arca izzadt volt és sebhelyek borították.

– Sen, ez kész csoda! Hát megtaláltál... örülök, hogy legalább az utosó órában együtt lehetünk.

Sen szeméből könnyek potyogtak.

– Miért mondod ezt? Miért az utolsó?

– Mert meg fogok halni. Sok vért veszítettem, nem lehet már megmenteni. Lehet, hogy még azért vagyok életben, hogy egyszer láthassalak.

Sen odahajolt Amihoz és megcsókolta. Ami felnyögött, megszorította Sen kezét majd meghalt.

Sen síni kezdett.

– Ennyi küzdelem, hogy ide eljussunk, és vége mindennek. Vége. Nem tudtam megmenteni.

– Itt a fiad, ő még nem fertőzött. Vidd, és keress neki egy jó anyát, aki felneveli – szólt Kádó –, mert ha az őrök észreveszik, megölik.

Sen odaadta a köpenyét, hogy abba csavarják bele az újszülöttet. Még egyszer Amira nézett, majd karján a csecsemővel elindult vissza, de már nem sikerült észrevétlenül távoznia. A gyerek felsírt, és az őrök észrevették.

– Azt nem viheted el. Azonnal megállni, vagy mindkettőtöket megölünk!

Sen kezébe vette egyik kardját, a másikban a fia, és nekiment az őrségnek. Osztotta maga körül a halált.

Nem kímélt senkit, még annál is vadabbul küzdött, mint valamikor az arénában. A kapuőrséggel végzett, a katonák utánarohantak. Meglátott egy tüzet a fák alatt.

– Segítség! Segítség! – kiáltotta.

Peer és Rass futottak vele szembe.

– Öljétek meg őket! Mindegyiket!

Csak Zanir maradt ott.

Sen leült, a kisfiú kinyitotta szemét és rámosolygott.

Visszaértek a többiek is.

– Ami? – kérdezte Peer.

– Meghalt. Ő itt az én fiam. Menjetek be a városba és hozzatok egy olyan nőt, aki szoptat. Akár a gyermekével együtt, de a pokol fenekéről is kerítsetek egyet.

Öten elmentek, tudták, hogy fontos. Másfél óra múlva megjelentek egy nővel meg egy csecsemővel.

– Ő itt az én fiam. Az anyja meghalt szülés közben. Neked kell majd etetned és gondoznod, és vigyázni rá. Akár vállalod, akár nem, ez lesz a munkád, és minden segítséget megkapsz hozzá. Vissza a hajóra!

Beszálltak a csónakba és visszatértek a hajóra. Épp indultak volna, mikor a távolban feltűnt a három hajójuk. Bevárták őket. Sen átszállt fiával, a nővel meg annak gyermekével a hajójára és kiadta az útirányt:

– Vissza Sar várába.

Odament a nőhöz és megkérdezte, szüksége lenne-e valamire.

– Talán ételre, mert ahol voltam, nagyon mostohán bántak velem. Egy fogadóban dolgoztam, ahol a tulaj többször meg is vert.

– És a gyerek apja ezt hagyta?

– Az ilyen nők esetében, mint én, nincs apja a gyereknek. Amelyik férfinak megtetszünk, azzal kell hálnunk, mert a fogadós így rendelkezik. Ha ellenkezünk, verést kapunk. Mikor meglátták az embereid, hogy az udvaron épp a gyerekemet szoptatom, odajöttek és közölték velem, hogy kövessem őket, én meg szó nélkül jöttem.

– Itt jó dolgod lesz. Azon kívül, hogy a két gyereket eteted és gondozod, mást nem kell csinálnod.

– Zanir, gyere be! – Zanir ott is termett.

– A te feladatod lesz ellátni a… hogy is hívnak?

– Ébának, a fiam pedig Tond.

– Na, őket. Minden kívánságukat teljesíted – azzal kiment a többiekhez.

– Sem a nő, sem pedig a két gyerek közelébe nem mehet senki Zaniron kívül. Ezt mindenki jegyezze meg!

Sen visszatért. Éba Sen fiát szoptatta éppen.

– Hát, van étvágya. Szerencsére sok tejem van, így mindkettőjük számára elég.

Zanir egy kosár gyümölcsöt tett az asztalra. Éba fogott egy körtét és majszolni kezdte.

– Itt lesz a szálláshelyetek. Ha fel akarsz menni a fedélzetre, nekem vagy Zanirnak szólj. Most gyere velem, Zanir addig vigyáz a gyerekekre. Válassz ruhát, nem kell ebben a rongyban maradnod.

Éba nem győzött gyönyörködni a sok szép ruhában. Egyet kihúzott és felpróbálta.

– Ez pont jó. Válassz még egyet, és fehérneműt is.

Utána átment vele egy másik helyiségbe. Ott volt egy nagy dézsa is, tele vízzel.

– Itt megfürödhetsz, utána öltözz fel. Én kimegyek.

– Ne! Inkább maradj, mert a hátamat úgysem tudom megmosni.

Éba levetkőzött, majd mosakodni kezdett. A haját is megmosta, és Sen egy ronggyal letörölte a hátát, utána megtörölközött. Éba így már teljesen másként nézett ki.

Felöltözött és visszament a gyerekekhez, közben kiment egy kis friss levegőt szívni. A katonák is megcsodálták, milyen szép nő lett belőle. Az egyik tréfásan meg is jegyezte:

– Mi nem kapunk belőle?

Peer lépett oda hozzá.

– De, haphatsz mindjárt tizenötöt a hátadra. Nem hallottátok, mit mondott a herceg? A nő mindenkinek tabu. Ezt véssétek az agyatokba!

Sen szólt Peernek, hogy kerítsen egy kisebb dézsát és vigye be a szobába, hadd tudja Éba a gyerekeket is megfürdetni. Peer nyomban el is ment és teljesítette a parancsot.

Vihar közeledett. Azt tanácsolták, kössenek ki és vészeljék át kint a vihart. Úgy is lett.

Egy halászfalu mellett kötöttek ki. A kapitányok jó erősen kikötötték a hajóikat, aztán kiment mindenki a partra. A nő saját gyerekét tartotta, Zanir pedig Senét. Kint felállítottak egy sátrat, oda vitték be a piciket.

Peer négy embert állított a sátor mellé őrségbe, Sen pedig elment sétálni az embereivel. A falucska nem volt nagy. Halászok lakták, mindenütt hálók voltak kiterítve.

Az egyik kis házból furcsa ének hallatszott. Odamentek. Egy öreg, nagy szakállas ember különös dalokat énekelt.

– Ki ez? – kérdezte a falu vezetőjét.

– Nem tudjuk. Egyszer megállt egy hajó, csónakkal partra hozták és kilökték. Olyan, mintha meg lenne zavarodva. Ő sem tud magáról semmit.

Sen odelépett hozzá, köszöntötte, de semmit nem tudott vele kezdeni. Az öreg csak énekelt tovább. Ekkor Sen valami érdekeset vett észre: a férfi kabátján belül Kadar címere volt látható.

– Az elveszett lord – mondta magában, majd otthagyta. Megérdemelte a sorsát. Megvárták, amíg a vihar elcsitul és továbbindultak.

Pár nap múlva elérték Sar várát és kikötöttek. Még ott volt a többi hajó is.

Sen és emberei megindultak a vár felé. Mindenki kiszállt, csak a hajóőrség maradt fenn. Sen közölte az embereivel, hogy menjenek, keressenek maguknak egy fogadót és szálljanak meg ott, ő a fellegvárban lesz, ha szükség lesz rá. Csak a lovagjai, és Éba és Zanir kísérték el. Beléptek a trónterembe, ahol épp tanácskozás folyt. Sen úgy döntött, inkább kimegy a kertbe a gyerekekkel, nem zavarja őket.

Alda nyomban követte.

Kint a kertben leültette Ébát és Zanirt, ő meg a kőasztalnak támaszkodott. A háta mögött megszólalt Alda.

– Be sem mutatod a kedvesedet?

– Nem, nem tudom bemutatni, mert meghalt. Belehalt a szülésbe. Ő Éba, úgy szerződtettem a fiam mellé, hogy legyen, aki szoptatja és foglalkozik vele.

– Sajnálom, hogy meghalt, pedig nagy utat tettél meg miatta.

– Hát igen, de ezen már nem tudok változtatni. Alda, tudnál nekik a palotában egy szobát biztosítani, ahol ellehetnek?

Alda odahívatta a szolgálóit.

– Nyomban kísérjétek fel Ébát, Zanirt és a két gyereket. A szobám melletti helyiséget alakítsátok át gyerekszobává, legyen benne fürdő is.

Ketten maradtak. Sen lesétált a kert végén lévő tavacska mellé és leültek a partjára. Alda követte, mellé ült. Sen az ölébe hajtotta a fejét.

– Mit kezdjek ezzel a csöppséggel? Én harcos vagyok, nem tudom, hogyan kell felnevelni egy gyereket.

– Hagyd itt, majd én felnevelem, ugyanúgy, mintha a sajátom lenne. Nem számít, ki volt az anyja, a te gyermeked – és egy kicsit az enyém is lesz.

Lehajolt Senhez és megcsókolta. Sen átölelte Aldát, és a kis tó partján egymáséi lettek.

– Ennél szebb éjszakám még nem volt – szólt Alda. – A csillagos ég alatt azzal a férfival, akit a legjobban szeretek, és szerettem még akkor is, mikor a halálhíredet hozták. Napokig nem tértem magamhoz. Nem találtam a helyem, mindig utánad vágyódtam.

Újból összeölelkeztek. Lassan reggel lett, felhúzták ruháikat és visszatértek a palotába.

Sen benézett a fiához. Egy csodálatos, világos szobában kaptak helyet. Éba is ott aludt. Mikor Sen bement, odalépett hozzá.

– Ezt sosem gondoltam, hogy valaha ilyen környezetben fogok élni. Köszönöm!

– Ez természetes, csak viseld gondját mindkét gyereknek.

Belépett a szobába Alda is. Hallotta, hogy beszélgetnek.

– Meg vagy elégedve mindennel? – fordult Ébához.

– Természetesen, hercegnő!

– Nekem is kellene a közelben egy szoba, hogy közel lehessek a fiamhoz.

– Az megfelel ott az enyém mellett, a másik oldalon?

– Tökéletesen. Szólok Zamirnak, hordassa fel a holmimat.

Sen elment megkeresni az embereit. A tanácsteremben ültek a többiekkel együtt.

– Tegnap nem találtunk – szólt Ran.

– Kint voltam a kertben és a múltamon gondolkodtam, meg elhunyt kedvesem járt az eszemben.

– Sajnáljuk, hogy meghalt.

– Köszönöm.

– Tegnap lemaradtál valamiről. A kalózok hajóhadat gyűjtenek, hogy megtámadják Novort, Kalda herceg városát. Veszített a csatában, így legyengült a városa védelme.

– Mmikorra várható a támadás?

– Mire egyesítik az erőiket, gondolom eltelik akár egy hónap is.

Sen odafordult Randolfhoz:

– Mennyi hajót tudnál építeni egy hónap alatt?

– Ha kellő mennyiségű ember és faanyag áll a rendelkezésemre, talán ötöt.

– Nagyszerű, akkor már el is kezdheted.

– Mi a terved, Sen? – kérdezte Ran.

– A meglévő három hajóval a tengeren járőrözünk, és erről az oldalról egy kalózhajót sem engedünk át. Ha megépül az öt hajó, egyesült erővel kelünk a város védelmére.

– Ez jó ötlet – szólt Ran.

Megszervezték a járőrözést és a hajóépítést is. Sen elment, itt is keresett bronzöntő műhelyt, ahol a szobrokat is öntötték, és öntetett velük öt darab tüskét a hajók orra alá. A délutánt fiával töltötte, sokat játszott vele. Az éjszaka Aldáé volt; szinte egyet sem hagytak ki, jól is érezte magát, ilyen nyugodt és kiegyensúlyozott még nem volt életében. Bement Alda szobájába. Odaült mellé az ágyra és átölelte.

– Alda, nagyon szeretlek.

– Én is, kedvesem.

Alda megkérdezte Sent, hogy miért nem nevezi el a fiát. Sen azt felelte, hogy szeretné, ha az lenne a neve, ami neki volt gyerekkorában, de azt csak az anyja tudja, ő eddig nem kérdezte tőle meg.

Alda is sokat foglalkozott a fiúval; fürdette, játszott vele – volt, hogy úgy érezte, mintha az övé lenne.

Lassan elkészültek a hajók, már nem sok volt hátra, a mesterek kitettek magukért. Sen szólt az embereinek, hogy elmennek harcosokat toborozni a hajókra. Kétnapi lovaglásra volt a régi hely, For gazda háza, oda igyekeztek. Mikor belovagoltak az udvarába, nagy feltűnést keltettek. Siettek is a háziak a fogadásukra. Leszálltak a lóról, és leültek az udvaron lévő asztal mellett.

– Miben segíthetek, uraim?

– Fornak hívnak, ha nem tévedek, igaz?

– Igen.

– Vannak még gladiátoraid?

– Már nem sok, talán tizenöten lehetnek.

– A kiképzőjük még mindig Tar mester?

– Igen. Te sok mindent tudsz rólam.

– Szólnál neki, hogy jöjjön ide?

– Hát persze.

Tar odajött, meghajolt az uraságok előtt.

– Hallom, engem keresnek.

Sen felállt, és az öregedő mester felé fordult.

– Téged hát.

Tar nagyot nézett. Alig jött ki szó a torkán.

– Sen, te vagy az? Nem káprázik a szemem?

– Igen, én.

For gazda is nagyot nézett, hiszen hallott egy kegyetlen harcosról az alkirályságban, akit így hívtak.

– Mi történt veled? Merre jártál?

– Az egy nagyon hosszú történet, egyszer talán elmesélem, most egy északi ország trónörököse vagyok, Sen herceg.

– Herceg? Ezt nem hiszem el.

– Pedig elhiheted, öreg. Sen herceg lett – szólalt meg Rass.

– Megnézhetem a gladiátorokat?

– Igen, gyertek – és hátravitte őket a küzdőtérre. Tizenöt gladiátor melegített, harcolt, edzett ott.

– Jól felkészítetted őket.

– Igen.

– For gazda, szeretném megvenni vagy kibérelni a gladiátoraidat. Egy tengeri ütközetre készülünk a kalózok ellen, oda kellenének.

For maga elé nézett és hallgatott.

– Nekem most ők a megélhetési forrásom. Ha elviszed őket, nem marad semmi.

– De marad. – Elővett a zsebéből három drágakövet és lerakta az asztalra. – Ezekért három falut kapsz.

For szeme felragyogott.

– Viheted őket.

Sen odalépett a gladiátorok közé.

– Üdvözöllek benneteket. Mindenkit megvásároltam. Valaha én is itt voltam gladiátor, ahol ti is. Én is itt küzdöttem, ezen a helyen. Szeretném, ha velem tartanátok, mint szabad emberek, de a szabadságnak az az ára, hogy velem együtt kell harcolnotok kalózok ellen. Utána oda mehettek, ahova akartok, vagy velem a csapatomban maradhattok. Az tőletek függ. Aki nem vállalja, az itt is maradhat.

– Megyünk, megyünk! – kiáltották egyszerre.

– Lovat tudunk valahol venni?

– Igen, a város szélén van egy karám, ott adnak el lovakat, a kovácsnál meg tudtok venni fegyvereket. A ruháikat ajándékba megkapják – mondta Far gazda.

Lementek hát a karámhoz és választottak lovakat, és a kovácsnál fegyvereket. Sen közölte velük, hogy neki tartoznak feltétel nélküli engedelmeskedéssel, és a parancs megtagadását vagy a szökést halállal bünteti. Ezeket a tényeket el is fogadták. Megindultak vissza Sar városába. Ott a hajók már készen álltak. Megkezdték a vízre bocsátásukat. Gyönyörűen festett a nyolc egyforma hajó a hullámokon.

Sen Ranhez fordult:

– Még nincs elég ember. Ha nem bánod, válogatnánk a gladiátoraid közül.

Rannek nem nagyon tetszett, de nem volt más választása. Sen kiválasztott még ötven jó gladiátort és megígérte nekik, ha jól harcolnak a kalózok ellen, fel lesznek szabadítva. Azok el is fogadták ezt, így hát már a legénység is megvolt. A vikingeket és a gladiátorokat egyenlő arányban osztotta szét a hajókon, s mindegyik hajóra viking kapitány került. Kalda herceg öt hajóját saját embereivel töltötte meg. Ran öt hajót adott, a többi itt maradt, a kikötőt védte. Tizennyolc hajóval megindultak a kalózok ellen.

Sen előző este elbúcsúzott a fiától és Aldától.

– Most mikor jössz vissza? Remélem, nem megint egy év múlva – ölelte át Alda.

– Ki sem bírnám addig nélküled. Vigyázz a fiamra, nagyon szeretlek!

Megölelték egymást, és Sen elindult a hajója felé.

Reggel korán indultak, kedvező volt a szél is.

Novor nem volt messze. Kalda herceg szerint úgy négy-öt nap alatt odaérnek. Előtte egy nagy öbölben volt a kikötő.

Mikor odaértek, már zajlott a harc. A kalózok erős sereget szedtek össze, úgy huszonöt hajójuk lehetett. Az alkirály keményen védekezett, hajói félkör alakzatban védték a kikötőt. Több roncs is úszott már a tengeren. Sen azt a parancsot adta ki, hogy a nyolc hajó álljon egymás mellé zsinórba és úgy támadják a szélső hajókat. Így is történt. A kapitányok kiadták a parancsot:

– Támadósebesség!

Az evezők és az izmok megfeszültek.

A nyolc hajó, mint nyolc szigony megindult áldozatot keresni. A kalózok hajói nem tudtak kitérni; mind a nyolc megtámadott hajónak recsegve beszakadt az oldala. Ekkor a szokásos módszerrel visszafelé eveztek, és kihúzták a tüskéket a süllyedő hajókból. Mint valami vadász, aki megölt egy állatot és kihúzza belőle lándzsáját, hogy új célpontot keressen, úgy támadták meg következő kalózhajót. A többi egy külső gyűrűt képzett, hogy a kalózoknak ne legyen módjuk a menekülésre. A tengeri rablók ezt a fajta taktikát még nem ismerték, nem is látták, csak megdöbbenve nézték, ahogy a hajóik sorra süllyednek el. Azt sem tudták, ki az ellenfél. Bár ellenálltak, nem sok értelme volt: a fürge evezős hajók nagyon gyorsak voltak.

Nekik az volt a taktikájuk, hogy egy hajóhoz közel mentek, kötelekkel megcsáklyázták, és átugrálva a másik hajóra kézitusával döntötték el a küzdelmet. Itt erre nem volt mód, mert a hajókat mindig az oldalukon érte a támadás, és az orral érkező hajókkal nem tudtak mit kezdeni. A csata eldőlt.

Négy kalózhajó maradt, ők megadták magukat. Kalda herceg a kikötőbe kísérte őket, és ott az apja hajóival együtt körülvették őket. Sen csapata a nyílt vízen maradt. Az alkirályt Aldennek hívták, s nagyon megörült, mikor meglátta, hogy saját fia jött neki segíteni.

– Így még nem örültem neked, hogy visszatértél – mondta a fiának. – Kik azok a hős hajósok, és milyen ördögi hajóik vannak.? Ilyen gyorsan megsemmisíteni egy sereget még nem láttam.

– Ő Sen herceg és emberei, valamint Ran alkirály hajói segítettek nekünk.

– A többi hajód hol van?

– A tenger fenekén.

– Hogyhogy?

– Mert először én is velük kerültem szembe, mikor megtámadtam Sar kikötőjét, de utána barátok, sőt szövetségesek lettünk.

– Igen, most már értem, ellenük harcoltál, de vesztettél, igaz?

– Így volt, de most már a barátaim.

– Hívd meg őket a palotába, ott majd beszélgetünk.

Kalda kiadta a parancsot: a kalózokat zárják a várbörtönbe, a hajóikat pedig lefoglalta. Ezután követet küldött Sen csapatához, hogy este tiszteljék meg jelenlétükkel az apját, mert szeretné őket megismerni és köszönetet mondani.

Sen megígérte, hogy elmennek.

Egy ember ottmaradt, hogy elkísérje őket a fellegvárba. Miután partot értek, Sen a kikötőt nézte:

– Nem furcsa, hogy alig vannak hullák a vízben? És a hajókon nincsenek leengedve a vitorlák, mintha készülnének valamire. Mi a véleményed, Peer?

– Úgy hiszem, valamire igazad van.

– Rass, hozzátok ide azt a követet, kikérdezzük.

Nemsokára Rass megjelent a követtel.

– Mire készültök? Képesek lennétek elárulni azt, aki segíteni jött nektek?

A követ hirtelen egy tőrt vett elő és Rasst akarta leszúrni, de csak a karjába tudta vágni a pengét. Menekülni próbált, de elkapták és megkötözték. Rass vérző karját is bekötözték. Sen odalépett a követhez.

– Beszélni fogsz, azt megígérem! Peer, kezd el!

A férfit ráfektették egy asztalra. Peer hozzálépett, tőrével felvágta a mellkasán a bőrt, majd lassan lehúzta a húsról és beszórta sóval. A követ borzasztóan ordított. Nagy fájdalmai voltak.

– Beszélek, beszélek, csak hagyjátok abba!

– Mosd le a sót – szólt Sen.

Peer lehajtotta a felvágott bőrt, és egy ronggyal letörölte a sót. Sen odalépett a követhez.

– Nos, hallgatlak.

– Mikor az alkirály megtudta, hogy fiát legyőzték és fogjul ejtették, kémeket küldött Sarba, akik ezt igazolták is, és beszámoltak a furcsa kinézetű hajókról. Ekkor jutott eszébe, hogy megpróbálja megszerezni őket. Elterjesztette a hírt, hogy kalózok fogják megtámadni, mert tudta, hogy a fia így megpróbál segíteni neki, és veletek együtt visszatér majd ide. Miután megegyezett a kalózokkal, a hajóikról, amiket elsüllyesztettek, szinte minden embert levezényeltek. Kíváncsi volt, hogyan harcolnak a hajóitok. Titeket a vacsora alatt el akart altatni, utána meg a várbörtönbe zárt volna benneteket. A hajóitokon osztozott volna a kalózokkal.

– Rakjátok egy csónakba. Visszamegyünk Sar várába, indulás azonnal.

– Hát nem öljük meg? – kérdi Rass.

– Nem.

Ran hajói felhúzták a vitorlát és lassan elindultak. Sen nyolc hajója is követte.

– Mi ez? Mi történik? Nézd, apám, elmennek!

– Hát rájöttek.

– De mire, apám? Mire jöttek rá?

Az alkirály elmondta fiának a tervét.

– Te nem tudod, mit tettél. Ezért Sen bosszút fog állni. Ő egy jó ember, de ha feldühödik, akkor egy vadállat lesz.

Mikor kiértek a látómezőből, Sen új parancsot adott:

– Forduljunk a part felé.

A hajók teljesítették a parancsot.

– Ran hajói térjenek vissza Sarba, majd mi is megyünk.

Sen a gladiátorokhoz fordult.

– Tudjátok, Novorban hol van a gladiátorkiképző?

– Igen, én tudom. Ott nőttem fel, később kerültem Sar városába. Az aréna a város szélén van, és mellette van a kiképzőbázis.

– Hány gladiátor lehet ott?

– Hetven talán.

– Jó akkor elmondom a tervem. Ha besötétedik, Orond és Raldolf visszatérnek kikötőbe az öböl déli részén és kiszabadítják a gladiátorokat, majd mikor visszafelé jöttök, a kikötőben gyújtsátok fel az összes hajót.

A terv mindenkinek tetszett; a felszabadított gladiátorok is örültek, hogy a társaikért harcolhatnak.

– Biztosan lesznek áldozatok, de ez csak a kezdet. Még tartogatok majd meglepetést az alkirálynak.

Az est sötétje alatt a két hajó észrevétlenül siklott a partra, majd a vikingek és a gladiátorok végigmentek az öböl partján és elérték a kiképzőbázist. Nem volt sok őr, könnyen végeztek velük.

Behatoltak a bázisra és kiszabadították a gladiátorokat. Amikor elmondták, hogy kik ők és miért jöttek, azok örömmel követték őket.

A kikötőben már nem volt könnyű dolguk, keményen kellett harcolniuk és áldozatok is voltak, de is sikerült az összes hajót felgyújtaniuk, és utána a parton végighaladva az öböl sarkánál visszatértek oda, ahol Sen már várta őket. Sikerült; Sen nem csalódott bennük, teljesítették a feladatot.

A fellegvárban tartott a vacsora, mikor követ érkezett.

– Királyom, a gladiátorok kiszabadultak.

– Micsoda? Azonnal elfogni őket!

– A kikötő! Ég a kikötő! – kiáltott valaki.

Kiszaladták a várfalra.

Az összes hajó lángolt.

– Mondtam én, apám. Kár volt Sent feldühítened, és ez még csak a kezdet. Ennyivel nem fog megelégedni.

Miután Sen közölte a kiszabadított gladiátorokkal, hogy mától fogva szabad emberek, és aki akar, beállhat az ő seregébe és elmondta a feltételeit, mindenki igent mondott. Új embereit elosztotta a hajókon és megindultak visszafelé, Sarba.

A további út simán zajlott le. Két nap múlva beérték az előreküldött hajókat is, és együtt értek be Sar kikötőjébe. Az embereit ott helyezte el, ahol akkor voltak, mikor a hajókat építették. Ő lovagjaival bement a várba. Először fiát és Aldát látogatta meg. Alda már nagyon várta Sen visszatérését. Mikor meglátta, boldogan ugrott a nyakába. Arca csak úgy ragyogott a boldogságtól.

– Sen, képzeld, terhes vagyok! Gyerekünk lesz.

Sen szóhoz sem tudott jutni a meglepetéstől.

– Ennek nagyok örülök! Igazán örülök! – és magához szorította Aldát. Elmesélte, mi történt, hogy csapdába akarták csalni és hogyan állt bosszút az alkirályon.

Sen a fiát is megnézte, mennyit fejlődött.

Zanir állt elé:

– Herceg, lenne egy kérdésem hozzád. Szeretném feleségül venni Ébát. Megszerettük egymást.

– Semmi akadálya. Intézzétek el az előkészületeket meg a formaságokat.

Azzal a trónterembe ment, hogy találkozzon Rannal. Elmondta neki is, milyen csapdába akarták csalni és miként áll bosszút.

– Ezt jól csináltad. Az alkirály mindig is egy sötét alak és egy számító ember volt. Ezért támadott meg bennünket is.

A továbbiakban némi vita alakult ki kettőjük között, mert Sen közölte, hogy ő már nem adja vissza a kölcsönvett gladiátorokat, sőt akik itt maradtak, azokat is szeretné a saját seregéhez csatolni, ami Rannak egyáltalán nem tetszett. Sen megígérte neki, hogy saját pénzén építtet Rannak is öt ilyen hajót, mint az övéi. Az igazi meglepetés akkor jött, mikor Sen a következővel állt elő:

– Szeretném feleségül venni Aldát.

Ran hallgatott.

– Most már nem rabszolga vagyok, hanem herceg. Vagy más akadálya is lenne?

– Apám Aldát még kiskorában a császár egyik fiának ígérte, ami jövőre lesz majd esedékes. Erről még Alda sem tudott, nekem is akkor mondta el, amikor veletek indult a fővárosba. Nekem a te személyed ellen semmi kifogásom, de a császárnak ellentmondani nem célravezető.

Sen megfordult és elhagyta a tróntermet. Visszatért Aldához.

– Nagyon gondterheltnek látszol.

– Igen, az is vagyok. A bátyáddal közöltem, hogy el akarlak venni feleségül.

– Te megkérted a kezem? Hát ez csodálatos!

– De nem adhat hozzám, mert az apád még annak idején a császár egyik fiának ígért.

– Erről én nem tudtam. Miért nem mondta el?

– Azt én nem tudhatom.

– Sen, szökjünk el! Vigyél a szüleid országába.

– Én nem szököm el senki és semmi elől. Felkeresem a császárt, és megpróbálom megoldani ezt az ügyet. De addig is, ezt neked adom – és egy kis dobozkát nyújtott át Aldának.

A lány kinyitotta, és egy csodás, piros köves gyémántgyűrűt talált benne. Megörült neki, és Sen nyakába ugrott.

– Nem félsz a császártól?

– Nem én! Még magától az ördögtől sem.

Másnap felkereste az embereit és szólt, hogy a vezetők jöjjenek egy helyre, majd közölte velük, hogy még hét hajót kellene megépíteni, amiből kettő az övé lenne, öt pedig az alkirályé. A lovagjai tanítsák meg a felszabadított gladiátorokat két karddal harcolni, erre megkapják az alkirály kiképzőhelyét.

– Mától kezdve minden gladiátor szabad ember, de a kiképzések mindenkire vonatkoznak.

A vikingek hajókat építenek.

Raldolf mester két hónapot kért a hajók megépítésére. Sen körbejárta a királyságot és vásárolt még gladiátorokat, a csapatát így ötszáz főre növelte. A városban a kovácsokkal mindenkinek két darab kétélű kardot csináltatott, és egyforma egyenruhát is, mint az övék, plusz minden embere kapott páncélinget is.

A gladiátorok hamar megkedvelték a könnyű kardokat, és mesterien is bántak velük. A hajók is elkészültek. Eltelt a két hónap, a tervéről nem beszélt senkinek még. Pénzesládája lassan kiürült, már szinte csak a két zacskó drágaköve maradt. Szólt is Rannak, hogy eladná őket neki, de Ran hallani sem akart róla.

– Megépítettél nekem öt csodás hajót, megmentettél a tengeri ütközetben. El akarod venni a húgomat. Én tartozom neked hálával – és egy arannyal teli ládát adott Sennek.

Sen megköszönte, majd összehívatta a vezetőket.

– Holnap kihajózunk. Készítsétek fel a hajókat és az embereket. A fővárosba, Attába megyünk. Személyesen akarok a császárral beszélni, hogy utána mi lesz, azt nem tudom. Pakoljatok be annyi élelmet és innivalót, ami elég lesz az útra, nem akarok sehol sem megállni. Az út nagyjából két hétig fog tartani. Osszátok el az embereket úgy, hogy minden hajón megfelelő létszámú viking és gladiátor legyen. – Ezzel megfordult és otthagyta embereit, azok meg nekiláttak lebonyolítani a berámolást és felkészülni az indulásra.

Sen belépett a fia szobájába és kivette az ágyából.

– Szia, kisember! Elmegyek, meglátogatom a nagyapádat. Remélem, egyszer majd téged is bemutathatlak neki. – Visszatette az ágyba és átment Aldához, akinek épp a haját fésülték. Alda szólt a szolgáinak, hogy elmehetnek.

– Az egész napom a tiéd. Ma már csak veled akarok maradni és foglalkozni.

Átölelte Aldát és forrón megcsókolta. Együtt is töltötték a napjukat. Sokat sétáltak a kertben és a kis tó partján üldögéltek, ahol először lettek egymáséi. Gyorsan elmúlott a nap. Reggel Sen korán kelt fel és felkészült az útra.

Elköszönt Aldától és a fiától is, Rannak pedig megígérte, hogy minél előbb igyekszik vissza.

Kihajóztak. A tenger sima volt, szellő sem járt, úgyhogy evezni kellett. Az evezősök óránként váltották egymást. Másfél hete lehettek úton, már elhagyták Novor partjait is rég. Ismeretlen vizeken hajóztak, a parton egyre több városkát, halászfalut véltek felfedezni, de nem kötöttek ki, mert Sen minél előbb a fővárosba akart érni.

Távolabb észrevették, hogy két kalózhajó üldöz egy másikat. Sen nem szerette a kalózokat, hitvány népségnek tartotta őket.

– Segítünk nekik? – kérdezte Rass.

Sen a hajója elejébe sietett és távcsövével megnézte, mi is történik. A kalózok ekkor dobálták át a köteleiket és csáklyázták meg a hajót. Nem volt sok idő gondolkozni. Sen kiadta a parancsot:

– Az első hat hajónak támadási sebesség! Nem süllyesztjük el őket, csak körülvesszük.

A hajók megindultak, és nagy tempóval közeledtek a kalózhajók felé. Mikor a kalózok észrevették őket, már késő volt. Felvenni a harcot fölösleges lett volna nekik, hisz' hírből már ismerték ezeket a hajókat és tudták, mire képesek. Így befejezték a támadást és kitűzték a fehér zászlót. A hat hajó körbevette őket. Sen a hajó orrába lépett és átkiabált, hogy minden fegyvert haladéktalanul dobjanak a tengerbe, majd távolodjanak el a megtámadott hajótól. A kalózok teljesítették a parancsot. Amint hátrébb úsztak, Sen időközben odaérkező többi hajója körbevette őket. Sen ekkor a megtámadott hajó mellé kormányoztatta a hajóját, és embereivel átugráltak annak fedélzetére.

Sok volt a halott. Felnyílt a hajó hátsó részén lévő csapóajtó, és egy díszes ruhába öltözött férfi lépett elő pár emberrel. Sen köszöntötte:

– Sen herceg vagyok, az Északi királyság trónörököse.

– Padi herceg vagyok, a császár fia. Hallottam már rólad, Sen herceg, hogy milyen bátor és nemes harcos vagy, valamint a lenyűgöző hajóidról.

– Örülök, hogy segítségedre lehettem, de azt ajánlom, menjünk át az én hajómra, mert ha jól

látom, a tiéd süllyed.

Azzal átmentek Sen hajójára, és még a rakomány egy részét is át tudták pakolni. Sen utasítást

adott embereinek, hogy menjenek át a kalózhajókra és a vitorláikat szaggassák le, aztán hagyják őket a sorsukra és induljanak tovább.

Sen nem árulta el, miért akar igazából a császárral beszélni, csak általánosságokat hozott fel. Nemsokára megpillantották a császári várost; hatalmas területen feküdt, sok palota és különböző épületek voltak a területén. A kikötője is nagy volt, szinte alig lehetett belátni. Sen kint akart maradni a tengeren, de a herceg ragaszkodott hozzá, hogy menjenek be, és közvetlenül a kikötő legszebb részén kössenek ki. A kikötői őrség nyomban megjelent, mikor a tíz hajó behajózott, de mikor a herceget meglátták a fedélzeten, vissza is húzódtak. A herceg megmaradt embereivel kiszállt, és Sen is követte a lovagjaival. A többiek a hajókon maradtak. Az egyik gladiátor meg is kérdezte, hogy ők miért nem szállnak ki. Peer odament hozzá és közölte vele:

– Ha majd parancsot kapunk, kiszállunk.

A herceg gyaloghintóba szállt, Sen pedig embereivel követte. Beértek a császári palotába, ahol sok ember volt. Palotaőrök, testőrök, és különféle tarka ruhákba öltözött emberek. Majd egy nagy trónterembe értek, ahol magas emelvényen ült trónján a császár. Padi herceg meghajolt, és megszólította az uralkodót:

– Engedd meg, apám, hogy bemutassam neked a megmentőmet, Sen herceget, az Északi királyság trónörökösét – és mindannyian meghajoltak a császár előtt.

– Üdvözöllek, Sen herceg. Lépj közelebb! Hallottam már a híredet, hogy milyen vitéz harcos vagy.

– Köszönöm, felség. Bemutatom a kíséretemet, ők a lovagjaim.

– Azt, hogy a fiamat, Padi herceget megmentetted, külön köszönöm és megkérdem, mivel

hálálhatnám ezt neked meg.

– Csupán annyit kérek, hogy felségeddel négyszemközt beszélhessek.

– Ez nem sok. Két óra múlva várlak a szobámban. Most pedig foglaljatok helyet itt a trónom előtt, és mindent mondjatok el részletesen.

Sen mindent elmesélt a császárnak; azt is, hogy Alden alkirály tőrbe akarta csalni és hogyan állt bosszút. A császár érdeklődéssel hallgatta végig, majd szólt, hogy kísérje el a szobájába és ott mondja el neki a mondandóját. Sen átadta a fegyvereit Rassnak és követte a császárt a szobába. Egy asztal mellett megálltak, majd leültek a székekre.

– Azzal kezdeném, felség, hogy nekem is lenne hozzád egy nagy kérésem. Szeretek egy hercegnőt, és el akarom venni feleségül.

– Mi az akadálya?

– Az apja valamikor felséged egyik fiának ígérte a kezét. Ő Alda hercegnő.

– Á, igen! Alda. Már tudom. Az apját megölték valami bennszülöttek, ha jól emlékszem.

– Igen, valóban.

– Hát majd keresek a fiamnak egy másik feleséget. Nyugodtan vedd el azt a hercegnőt, hisz' nem is ismerem.

– Lenne itt még valami.

– Mondjad bátran.

– Régebben volt felségednek egy ágyasa, Kádó.

A császár hirtelen felállt.

– Honnan tudsz te erről?

– Mindjárt elmondom... A sivatagban megmentettem a basát a badinoktól, ott ismertem meg őket, de még akkor nem tudtam, hogy valójában kik is ők – és elmesélte a császárnak végig a történetet. Mikor az uralkodó megtudta, hogy Ami halott, sírva fakadt.

– Igazi szerelemmel szerettem Kádót, mindketten nagyon fontosak voltak számomra. Már bánom, hogy nem mertem felvállaln, és elengedtem őket magamtól. De ezek szerint van egy fiú unokám, akinek te vagy az apja.

– Igen, felség. Ezt szeretném neked átadni – és a császárnak adta Ami képét. Az sokáig nézegette.

– Köszönöm, hogy elmondtad nekem mindezt. Amint az unokám felnő, szeretném megismerni. Azonkívül még én is a segítséged kérném. Északon betörtek országomba a mogulok. Nemsokára kitör a döntő csata, ha segítenél, azt nagyon meghálálnám.

– Ötszáz harcosom van, azokat tudom csak felajánlani.

– Rendben, térjünk vissza a többiekhez. Amit itt elmondtunk egymásnak, az maradjon a kettőnk titka.

Visszatérésük után a császár felállt, és a bent lévő sokasághoz intézte szavait.

– Sen herceget a mai naptól ugyanolyan tisztelet illeti, mint a többi herceget és hercegnőt. Csak nekem tartozik engedelmességgel és mindenhova bejárása van, ebben senki sem korlátozhatja.

A császár bejelentése nagy csodálkozást vont maga után, de szava parancs volt, senki sem merte megkérdőjelezni. Sen megkérdezte, hova tudná embereit elhelyezni. Kijelöltek neki a kikötő mellett egy körülbelül ezer férőhelyes csarnokot, amit volt, hogy raktárhelyiségnek használtak.

Sen visszatért embereihez és kiadta a parancsot, hogy kezdjék meg a kipakolást a kapott helyiségbe és helyezkedjenek el, valamint elmondta még, hogy egy újabb nagy összecsapás vár rájuk, ahol ha győznek, hősként fogják őket ünnepelni. A vezetőinek meghagyta, hogy hozzanak friss ételt és italt, gyümölcsöt a katonáinak, ő visszatér a palotába.

Már tartottak az előkészületek. Padi herceg volt a főszervező. Sen elmondta neki, hogy hátasokra lenne szüksége, mivelhogy hajóval jöttek, így lovaik a várban maradtak.

Padi herceg elmondta Sennek, hogy a város szélén van egy hatalmas karám, ahol nagyjából ötezer ló található. Menjenek, és válasszanak hátasokat. Sen azt is mondta a hercegnek, hogy ha lehet, ők fekete lovakat választanának.

– Azokból is van bőven.

A felkészülés is befejeződött, a seregek megindultak a csata helyszíne felé. Majdnem egy hétig tartott, míg odaértek. Az ellenfél tábora is látszott a távolban. Hatalmas síkság terült el a két sereg között. A császár közölte, hogy itt lesz a csata lebonyolítva, így Senék serege is sátrat vert. A császár sátrát egy domb tetején állították fel, ahonnan az egész csatateret be lehetett látni. A másik táborból követek érkeztek és megbeszélték a csata napját: két nap múlva, napkelte után csap össze a két sereg. A császári sátorban megkezdődött a haditanács. Többen is különböző megoldással álltak elő, de Sennek egyik sem tetszett igazán, mert mindegyik nagy emberáldozattal járt, de nem szólt bele. A csata előtti délutánon lassan kialakították a végleges ha-

ditervet. Elmondták, hogy a mogulok egyszerre támadnak, ők
több lépcsőben helyezkednek el, hogy így lassítsák a támadást,
és utána következő állóháborúban majd eldől, hogy ki az erő-
sebb. Sen ekkor odalépett.

– Császári fenség, vezérek! Én ezt nem így oldanám meg.
Minden tekintet rászegeződött.

– Mi a terved, Sen herceg? Szólj! – mondta a császár.

– Az én tervem az lenne, hogy egy lovascsapat itt középen ék
alakzat formában kettéválasztaná a támadó lovasságot, majd a
lovasság többi része a bal és a jobb szárnyon felfejlődne. Az ellen-
ség „harapófogóba" kerülne így három oldalról körülvéve, majd
könnyen meg lehetne őket semmisíteni, hisz' nem tudnának még
elmenekülni sem, mi viszont minden oldalról védve lennénk.

Nagy csend követte Sen elképzelését.

– Igen, ez kiváló terv. Miért nem mondtad előbb?

– Az én fejemben is most rajzolódott ki.

– Ezt fogjuk végrehajtani. Dolgozzátok ki a részleteket együtt.
A seregek főparancsnoka Sen herceg, mindenkinek engedelmes-
kednie kell neki. Senki sem mert ellentmondani, sőt még egy
kicsit örültek is, mert ha netán elbukik, akkor az csak az ő hi-
bája lesz.

Másnap reggel felsorakoztak a csapatok. Sen emberei az élen
álltak. Háromszáz fekete ruhás harcos fekete lovon. Mögöttük
a viking harcosok, akik a szokásos módon követték őket. Peer
vezette a támadást. Az ellenfél megindult. Hatalmas sereg kö-
zeledett feléjük. Sen jelt adott az indulásra. A háromszáz lovas
ék formába fejlődött három sorban, utánuk a vikingek meg a
gyalogság. Kétoldalt egy kis idő múlva összecsapott a jobb-, il-
letve a balszárny. Az ellenség csapata kettévált az ék formáció
miatt. Kétoldalról a lovasság körbezárta, majd a gyalogság is
megérkezett. Öldöklő harc kezdődött el. Mire az ellenfél gya-
logsága is megérkezett, a lovasság már szinte elveszett, így nem
tudták őket támogatni.

Délutánra eldőlt a csata. Az ellenfél visszahívta még meg-
maradt katonáit és kitűzték a megadás jelét. Nagyon sok halott
harcos teteme borította a csatateret. A császár seregének is oda-

veszett egyharmada. Sennek is úgy háromszáz embere maradt életben. Az ellenség követeket küldött és megígérték, hogy visszatérnek az országukba, és kártérítést fizetnek a császárnak.

Sen ismét nagyot nőtt az egész udvar szemében. A császár előléptette a seregei főparancsnokává, de Sen nem fogadta el, mondván, ő visszatér a kedveséhez Sar városába.

Miután visszatértek a fővárosba, nagy ünnepséget rendezett a császár, győzelmi felvonulás is volt. Sen felajánlotta az uralkodónak, hogy úgy sincs elég embere, ezért három hajóját neki ajándékozza. A császár el is fogadta, de ő sem akart hálátlan lenni, így Sen jutalma három láda arany volt, valamint egy gyűrű, amelyiken a császári pecsét volt és csak az uralkodónak, három fiának és Sennek volt ilyen a birtokában. Ha bárhol az egész Keleti királyságban felmutatták ezt a gyűrűt, mindenkinek engedelmeskednie kellett a viselőjének. Ezen kívül még a császár kinevezte Sent Atta hercegének, ami igen nagy rang volt. Sen közölte a császárral, hogy másnap indulna is vissza Sar várába. A császár szólt neki, hogy akar még vele kettesben beszélni, menjen vele a privát szobába. Sen követte őt a különhelyiségbe.

– Szeretnélek valamire megkérni. Ha majd visszatérsz az Északi királyságba, útközben köss ki ott, ahol Ami meghalt, és emeltess neki egy méltó síremléket. Ezen kívül építtess egy kórházat oda, ahol Kádó és a többi beteg él, hogy emberhez méltóan élhessék le életük hátralevő részét. Itt van még egy kisebb láda arany, remélem, elég lesz. A sírfeliraton legyen rajta, hogy hercegnő volt, és a császár lánya.

Sen meghatódott az uralkodó kedvességén és odaadásán. Megígérte, hogy maradéktalanul teljesíeni fogja a kérését.

– Valamint utadon egy darabig elkísér Padi herceg. Egyrészt, hogy megtanulja a hajók irányítását, másrészt, hogy ajándékot vigyen Novorba Alden alkirálynak.

– Ajándékot? Mivel érdemelte ki?

– Majd megtudod, ha odaértek.

Másnap reggel Sen elbúcsúzott a császári családtól és hajóival valamint Padi herceg három hajójával megindultak Novor felé. Útjuk esemény nélkül zajlott. A többi hajó nagy ívben kikerülte őket, mert már híre ment a harci tudáasuknak.

Megpillantották Novor kikötőjét. Csak pár kereskedelmi hajó állomásozott benne, mivel az alkirály teljes flottája megsemmisült a tűzben. Nagy meglepetés és riadalom tört ki, mikor a tíz hajó beállt a kikötőbe és kikötött. Fegyveresek jelentek meg a parton, Kalda herceggel az élükön. Nem mintha meg akarta volna támadni őket, inkább tanácstalanul állt a parton.

Ekkor megjelent egy magas rangú tiszt és a hajóról bejelentette:

– A trónörökös, Padi herceg, valamint Sen, Atta hercege, és kíséretük.

Kalda herceg mélyen meghajolt, mikor a partra léptek.

– Legyetek üdvözölve. Miben lehetek a szolgálatotokra?

– Vezess bennünket az apád elé!

– Kövessetek! – és megindultak a palota elé. Kalda odalépett Sen mellé.

– Sen, én nem tudtam, hogy apám mire készül. Sejtelmem sem volt a szándékáról.

– Elhiszem, hiszen te is ott voltál velünk.

A trónterem elé érve a teremőr újból bejelentette az érkezőket.

Az alkirály igencsak meglepődött Sen neve hallatán.

A trónörökös lépett be először. Üdvözölte az alkirályt, majd így szólt:

– Hadd nyújtsam át neked a császár ajándékát.

Odalépett, és egy dobozkát nyújtott át az alkirálynak. Az falfehér lett és térdre rogyott.

– Herceg, kegyelmezz! Nem akarok meghalni.

– Van választásod. Ha önkezűleg végrehajtod, akkor a fiad maradhat a trónon és tovább uralkodhat. Ha nem, akkor minden rokonod és családtagod meg fog halni. Válassz!

A ládikában egy selyem kötél volt; ezt kapták azok a nagyurak, akik kegyvesztettek lettek.

– Elbúcsúzhatok a családomtól legalább?

– Kapsz rá egy órát.

Kalda herceg követte apját és a család többi tagját, a trónörökös még ott maradt. Sen visszatért a hajóira és kiadta a parancsot az indulásra:

– Irány Sar vára. Előtte elbúcsúzott a trónörököstől, Padi hercegtől.

Nagy kő esett le a szívéről, mikor megpillantották Sar kikötőjét. A hét hajó szépen beállt egymás mellé, és kikötöttek. Az embereit is megviselte a hosszú hajóút. Mikor partot értek, Sen kiadta Peernek, hogy mindenki kapjon öt-öt aranyat, a többit pedig vigyék fel a szobájába.

Nagy volt az öröm az emberek közt, hisz' egy kisebb vagyon kaptak.

Mikor meglátták a hajókat kikötni, Ran és Alda is lesiettek a partra, hogy minél előbb találkozhassanak. Alda hasa már szépen gömbölyödött, látszott rajta a terhesség. Mikor meglátta Sent, már messziről kiáltott:

– Sen! Sen! De jó, hogy megint látlak! Nagyon hiányoztál.

Sen odafutott és átölelte kedvesét.

– Már nincs semmi akadálya, hogy feleségül vegyelek. Mindent elrendeztem. Tervezheted, mikor akarod az esküvőt – és megcsókolta rég nem látott szerelmét.

Ran is üdvözölte Sent. Sen megmutatta neki a császártól kapott gyűrűt és elmondta, minek lett kinevezve.

– Atta hercege! Ez nagyon nagy rang. Így az én felettesem is lettél. Még nekem is engedelmeskednem kell.

– Akkor parancsba is adom, hogy szabadítsd fel a rabszolgáidat.

– Az nem olyan egyszerű. A rabszolgatartást császári rendelet szabályozza. Azt csak a császár rendelheti el.

– Akkor majd vásárolok megint gladiátorokat. Még ötven emberre lenne szükségem, hogy minden hajóm legénysége teljes legyen.

– És hogy sikerült a császárral való találkozásod?

– Nagyon jól. Még egy nagy csatában is részt kellett vennem a mogulok ellen, de győzedelmeskedtünk, az én haditervem segítségével. Igaz, kétszáz emberemet elveszítettem, de mi voltunk a legveszélyesebb helyen, a csata közepén. A csata végeztével illően eltemettük halottainkat és elköszöntünk tőlük. Mindkét félnek nagy veszteségei voltak.

– Akkor a császár meg volt elégedve veled.

– Képzeld, meg akart tenni a seregei főparancsnokának is, de én nem fogadtam el.

– Mindent részletesen el kell mesélned.

– Majd később. Most sietek meglátogatni a fiamat.

Aldával felsétáltak a várba, hogy Sen minél előbb lássa a fiát. Alda elmondta neki, mekkorát nőtt a gyermek, míg nem volt itthon.

– Lassan már járni is megtanul.

– Annak igazán örülök. Szeretném már látni, ahogy körülöttem futkos. Megígérem, most már nem megyek sehova, csak még egy elintéznivalóm van, amivel maga a császár bízott meg. Az nem tart majd sokáig, és utána készülhetünk a lakodalmunkra.

– Neked mindig van még egy elintéznivalód.

– Ha majd megszületik a gyerekünk és eléri az egyéves kort, akkor elmegyünk a szüleimhez is, hogy bemutassalak nekik benneteket. Addig itt maradunk.

Mikor felértek a várba, Sen mindjárt a fiához sietett és boldogan ölelte magához. A kisfiú belekapaszkodott apja hajába, majd meghúzta azt. Sen nagyot nevetett rajta.

Pár nap pihenés után útra kelt lovagjaival, felkereste a környék gladiátorait és megvásárolt még ötvenet. Azoknak is elmondta feltételeit, majd a seregébe osztotta őket. Kaptak ruhát és fegyvert is.

Minden délután kötelező gyakorlás volt a seregnek.

Sen szólt Peernek, hogy készítsen föl három hajót. Útra kelnek, végrehajtják a császár kérését.

Reggel korán indultak. Orond, a viking kapitány közölte Sennel: emberei érdeklődnek, mikor térhetnek majd haza. Sen elmondta neki, hogy jövő év végén indulnak vissza az Északi királyságba. Ezekkel a hajókkal fele idő alatt oda lehet érni, mint azzal a vitorlással, amivel a múltkor mentek.

Hét nap múlva feltűnt Bara kikötője. Mikor utoljára itt jártak, gyorsan kellett nekik távozni. Most szépen egymás mellett kikötött a három hajó. Megjelent a kikötőőrség és a városi megbízott.

Kérdezték, mi a szándékuk és miért jöttek. Sen kiszállt, és gyűrűjét a küldöttek felé mutatta.

– Atta hercege vagyok, és a császár parancsát jöttem teljesíteni. Remélem, mindenki elősegíti a munkámat, hogy meg tudjam valósítani a császár kérését.

Mindenki meghajolt előtte és kérték, kövesse őket a városházára, a nagyterembe, ahol a városi vezetőség már várta a magas rangú vendéget.

Ahogy Sen belépett, mindjárt rá is tért a dolog lényegére.

– Jó pár hónappal ezelőtt egy családot raktak ki itt a parton és a lepratelepre vitték őket. Köztük volt a császár egyik felesége és a lánya. A lány meghalt. A császár parancsa, hogy egy hercegnőnek illő sírhelyet és emlékművet állítsak az emlékére, a többi beteget pedig egy megfelelő gyógyintézetben kezeljék, amit a városnak kell megépíteni. Ha nem teljesítitek, a császár haragját vonjátok magatokra.

– Mi szívesen teljesítjük császárunk akaratát, de az anyagi helyzetünk nem a legjobb.

Sen intett, és egy ládát raktak le az emberei.

– Ez a láda arany biztosan elég lesz rá.

Nagyot néztek a városvezetők, mikor Sen kinyitotta a ládát és meglátták a sok aranyat.

– Arra költsétek, amire kell, mert ha a császár erre jár és nem olyannak találja, mint azt mondtam, akkor kihívjátok magatok ellen a haragját. A sírfelirat az emlékművön az legyen, hogy „Itt nyugszik Ami hercegnő, Radana császár lánya. Nyugodjék békében." A telepen majd megmutatják, hol temették el. Én egy év múlva jövök erre, akkor majd megnézem.

Már kezdett sötétedni. Sen épp vissza akart térni embereivel a hajóra, mikor egy rémült ember rohant be a városházára.

– Az északi részen betörtek a badinok!

Sen mindjárt megkérdezte, hányan lehetnek.

– Úgy ötvenen.

– Jó, tegyetek úgy, mintha megadnátok magatokat, mi addig az embereimmel bekerítjük őket.

Gyorsan visszatértek a hajókhoz. Kiadta a parancsot, hogy kétoldalról vegyék körbe a várost.

Ők úgy százötvenen lehettek, jóval többen, mint a badinok. A támadók nem is számítottak ilyen könnyű győzelemre. Behatoltak a városba és mindenkit kitereltek a nagy térre, a városháza elé. Közölték, ha kellő mennyiségű adót fizetnek nekik havonta, nem esik bántódása senkinek.

– És ti nekünk mit fogtok fizetni? – lépett elő a sötétből Sen.

A badinok körülnéztek – nem tudták, mi történik.

– Teljesen körül vagytok véve. Semmi értelme, hogy bármivel is próbálkozzatok.

Erre a többiek is előreléptek.

A badinok már ismerték a fekete ruhás harcosokat, tudták, hogy nekik semmi esélyük sincs.

– Ne öljetek meg bennünket! – szólt a vezérük.

– Pedig nagyon szeretnénk leszámolni veletek, de adok egy utolsó esélyt. Lerakjátok a fegyvereiteket és hagyjátok magatokat megbilincselni, akkor nem esik bajotok.

Végrehajtották, amit Sen mondott.

– No, akkor a kőbányába velük, a kórházhoz ugyanis sok kő kell majd, így meg is van a munkaerő.

Ezzel felszálltak hajóikra és kifutottak a tengerre, hogy visszatérjenek Sar várába.

Visszafelé hajózva egy érdekes, nem mindennapi jelenséget figyeltek meg. Sen a hajó orrában állt és a tengert nézte, távcsővel meg a partvonalat. A távolban egy furcsa, kúp formájú hegyet vett észre, ami füstölt, majd kis idő múlva vörös tűzcsóva csapott kis a hegyből az ég felé, és nagydarab köveket dobált. Sen ilyet még nem látott. Magában megjegyezte: biztosan haragszik a föld…

Ők nem voltak veszélyben, de látta, hogy a parton nagy területet letarol ez a különös jelenség. Sen egy vulkánkitörésnek volt a szemtanúja. Az emberei is felettébb csodálkozva nézték, még ők sem láttak ilyet.

Sen magához kérte Orond és Raldolf kapitányokat. Mikor megérkeztek, leültette őket.

– Lenne egy olyan ötletem, hogy kellene még négy hajót építeni, de azok mások lennének, mint ezek most.

– Mennyivel mások? Mire gondolsz, herceg?

– Mikor Araka várát bevettük, láttam ott azokat a különös szerkezeteket, amik követ dobáltak.

– Azok hajítógépek voltak.

– Igen, olyat képzeltem el a hajók elejébe, mindegyikbe kettőt-kettőt. Az érdekelne, meg lehet-e valósítani?

– Megvalósítani meg tudjuk, csak valamivel kisebbeknek kell majd lenniük, mint azok voltak az erődben.

– Így már távolról is meg tudnánk egy hajót támadni. Még a közelébe sem kellene menni. Vagy akár a partot is, ha ott az ellenség.

– Lehet, hogy nagyobb teherbírású hajót kell építeni, mert a lövedékek nehéz kövek, az meg plusz súlyt jelent.

– Jó, hát akkor legyen ez a négy hajó nagyobb, mint az eddigiek, legfeljebb több embert meg evezőst rakunk rá.

Sarba visszaérve nagy volt a kikötőben a mozgás. Több kereskedelmi hajó is állomásozott a kikötőben.

Miután Senék kikötöttek, a várba sietett, hogy minél előbb láthassa a fiát és kedvesét, a vikingek pedig megkezdték az új típusú hajók tervezését. A fia szobájában találta Aldát is. Megölelte és megcsókolta. A fia már állt az ágyban.

– Nahát, mennyit nőtt, mióta nem láttam!

– Igen, ha nem látod naponta, akkor feltűnik, hogy fejlődik a fiad. Sikerült a császár tervét megvalósítani?

– Igen, megoldottam, de hol van Ran? Nem láttam...

– El kellett mennie egy tartományba. Zavargások törtek ki. Most Rina, a húgom a város vezetője. Ő még fiatal, tapasztalatotot kell gyűjtenie, ez meg pont kapóra jött. Azt hiszem, éppen a város vezetőségével tárgyal a városházán.

– Na és az esküvő? Tettél már előkészületeket a lebonyolítására?

– Igen, de nem árulok el mindent, legyen majd meglepetés. Annyit mondok, hogy a ceremóniát itt, a várban tartjuk.

Sen kivette a fiát az ágyból, majd Aldával együtt kimentek a kertbe, ahol letette a gyermeket a fűbe.

Nagyon tetszett a kisfiúnak: felállt és lépett egyet-kettőt, majd leült, majd megint felállt. Ez így ment sokáig. Sen sokat nevetett a fia csetlő-botló mozgásán. Éba szemmel tartotta, nehogy valami baja történjen. Később biztosan elfáradt, mert a fűben elszundikált. Sen megígérte Aldának, hogy most nagyon sok időt fog vele és a fiával tölteni, mert úgysincs más dolga, az embereinek is van most mivel tölteni az időt, mert a négy hajó megépítése biztosan hosszan le foglalja őket kötni.

– Csak az a baj, hogy a te szüleid nem lehetnek itt az esküvőn.

– Az igaz. Nagyon messze vannak innen, de majd tartunk egyet ott is. Elmondhatod, hogy két esküvőd volt. Nekünk is igyekeznünk kell, mert látom, már nagyon kigömbölyödött a hasad.

– Ha minden igaz, még olyan két-három hónap van vissza. De még nem beszéltük meg azt sem, hol fogunk lakni.

– Majd kiderül, de valószínűleg az Északi királyságban, hisz' ha apám lemond a trónról, akkor nekem kell átvennem és te leszel a királyném. Persze, csak ha hozzám akarsz jönni feleségül... vagy keressek egy másik hercegnőt?

– Adok én neked másik hercegnőt! Hát én nem vagyok elég?

– De, elég vagy, csak vicceltem. A meghívókat már elküldted?

– Igen, míg úton voltál, szétküldtem őket. Csak az szomorít el egy kicsit, hogy a te részedről nem sokan lesznek jelen, csak a lovagjaid.

– Nem baj. Úgysem ismerek sok embert.

A beszélgetésüket Peer szakította félbe.

– Hercegem, velem tudnál jönni?

– Igen, máris megyek – és lementek a szálláshelyre, ahol két megkötözött katona hevert.

– Mit csináltak, hogy meg vannak kötözve?

– Este berúgtak és megerőszakoltak egy fiatal lányt, utána megfojtották, de volt egy szemtanú, aki látta az egészet. Ő értesített bennünket, de mire odaértünk, a lány már halott volt.

Sen megvetően nézett a két katonára.

– Akasszátok fel mindkettőt. Az ítélet azonnal végrehajtandó.

A többiek lehajtott fejjel hallgatták. Tudták, hogy Sen az ilyen engedetlenséget keményen szokta megtorolni. Kivitték az elkövetőket az udvarra, és a többiek előtt végrehajtották az ítéletet. Utána Sen utasította vezetőit, hogy ma végeztessenek dupla gyakorlatozást az emberekkel.

Közeledett az esküvő napja. Lassan érkeztek a meghívott vendégek is. A város fogadóiban, szálláshelyein is egyre több ember volt már. Megvarrták a menyasszonyi ruhát is, valamint Sennek is készítettek egy szép zöld öltönyt.

Ran is visszatért, miután elrendezte az ügyeket.

Nagy volt a nyüzsgés a palotában. Állatokat, zöldségeket, lisztet hoztak a konyhára. Díszítették a tróntermet, ahol az esküvői szertartás és maga az esküvő is tartva lesz majd. Sorra futottak be a hajók is. Sen akkor lepődött meg igazán, amikor a három hajó, amit a császárnak ajándkozott, befutott a kikötőbe. Azonnal lement a partra fogadni az uralkodót. Szólt Rassnak, hogy az emberei sorakozzanak fel a kikötőben a várig.

A három hajó kikötött, és a császár megjelent a hajón.

– Üdvözlöm, császárom! Ez aztán a meglepetés!

– Meglepetés? Hát nem te hívtál meg az esküvődre?

– Csak nem gondoltam, hogy el is jön.

– Hogyne jönnék Atta hercegének az esküvőjére. És hol a menyasszony?

– Fent a várban. Az előkészületeket irányítja, meg várandós is, kevesebbet járkál már. Jöjjön, hadd kísérjem fel a fellegvárba.

Közben Ran is megérkezett, ő is üdvözölte a császárt.

A várban Sen bemutatta neki Alda hercegnőt és a többi előkelőséget. A császár is a családját, majd Senhez fordult.

– Alig várom már, hogy láthassam az unokámat.

– Mindjárt idehozatom.

– Nem inkább mi megyünk hozzá?

Közölte kíséretével, hogy Sennel fontos megbeszélnivalója van, és ha végeztek, akkor majd visszatérnek.

Mikor belépett a szobába, csak úgy sugárzott a boldogságtól és az örömtől, megpillantva Sen és Ami fiát.

– Az unokám… de aranyos kisfiú! Inkább rád hasonlít – igaz, azt sem tudom, hogy az anyja milyen lehetett felnőve.

Sen kivette fiát az ágyból és a császár kezébe adta.

– Így ni. Itt a nagyapád.

A kisfiú rámosolygott a császárra, és valamit gagyogott is neki.

– Nagyon aranyos vagy! Legszívesebben magammal vinnélek a fővárosba, hogy mellettem legyél.

– Majd ha megnő, felség, akkor gyakran találkozhat a nagyapjával.

A császár még sokáig dajkálta az unokáját, majd visszatértek a trónterembe.

Kérte Sent, hogy egyelőre ne szóljon senkinek az unokájáról, ő szeretné majd bejelenteni.

Mikor a Császár kérdezte a fiú nevét, Sen elmondta neki, még nem adott neki. A császár azt mondta Sennek, hogy szeretné, ha az ő nagyapjáról nevezné el, ha nincs ellenvetése. Ő egy igaz, nagyhírű császár volt, aki a Raman nevet viselte.

– Hát jó, akkor legyen Raman. Ez a név nekem is tetszik. Alda is kérte már többször, hogy adjunk neki nevet.

Mindenkit a szálláshelyére vezettek és a másnapi esküvőre készültek. Sen visszatért szobájába. Alda is ott volt.

– Te aztán egy ravasz nőszemély vagy! Nem is tudtam, hogy a császárt is meghívtad.

– Talán ellenedre van?

– Igazán örülök neki, legalább láthatta az unokáját.

– Milyen unokáját?

– A fiam az ő unokája. Ami a császár lánya volt, csak nem ott éltek, de ez egy hosszú történet.

– Te tele vagy rejtélyekkel. Van még valami, amiről tudnom kellene?

– Igen, van. A császár nevet adott a fiamnak; mostantól Ramannak hívják. Ez még nekem is tetszik.

– Nem rossz név. A mi nyelvünkön győztest jelent.

Lepihentek az ágyra. Sen megsimogatta Alda gömbölyű hasát.

– Na, aludjunk a holnapi nagy esemény előtt.

Reggel szép, napos idő volt, direkt esküvőre való. A konyhában már készültek a lakomára. Nagy volt a sürgés-forgás.

Sent hívatta a császár.

– Sen, szeretnélek én képviselni az esküvődön, mivel a szüleid úgy sincsenek itt.

– Jól van. Úgysem nagyon ismerem az itteni szokásokat. Felség, legyen, ahogy akarod.

– Úgy hallottam, hogy a menyasszonyt a bátyja adja hozzád.

– Őszintén megmondva én keveset tudok ezekről a dolgokról, mert mindent Alda intézett. Én nemrég tértem vissza. Elintéztem, amire felséged kért: Aminak a síremléket, a betegeknek pedig a kórházat építettem, ahol halálukig méltóan bánnak velük.

– Köszönöm. Igazán hálás vagyok neked, hogy ilyen hamar teljesítetted a kérésemet.

Megszólalt a reggelire hívó csengő, elmentek hát reggelizni. Utána még beszélgettek, majd elkezdődött a készülődés. Mindenki visszavonult a szobájába. Egy óra körül ismét megszólalt a csengő és előjöttek a házasulandók, családtagjaik, meg a vendégek, rokonok.

Alda csodásan nézett ki törtfehér színű ruhájában, Senen pedig halványzöld öltözék volt. A trónteremben egymással szemben álltak.

Alda mellett bátyja, Ran, vele szemben Sen, mellette a császár.

– Feleségül kérem tőled, Ran alkirálytól Alda hercegnő kezét Sen, az Északi királyság trónörököse és Atta hercege számára.

– Én, Ran alkirály, örömmel teszek eleget kérésednek. Átadom Alda hercegnőt Sen hercegnek, aki immár a férje, és sok boldogságot kívánok nekik életük során.

Nagy taps tört ki a teremben. Virágok röpködtek, rózsaszirmokat szórtak szét. Kezdődött volna a vigasság, de a császár jelezte: még mondani akar valamit. Csend lett. Ekkor Éba behozta Sen fiát és odavitte a császárhoz.

– Mindenkinek szeretném bemutatni az unokámat, Raman herceget. Lányom, Ami hercegnő fiát, akit nemrég ismertem csak meg bizonyos okok miatt. – Feleségére nézett, aki mélyen lehajtotta fejét és lesütötte a szemét.

– Őt is ugyanolyan előjogok illetik meg, mint a többi herceget.

Sokan összesúgtak a teremben; nem értették, honnan került elő a herceg.

A szertartás véget ért, kezdődött a vigasság. Mindenféle táncosok, bűvészek és egyéb szórakoztató figurák jelentek meg és adtak műsort. Még egy kígyóbűvölő is fellépett.

Sen Alda kezét fogta, ahogy egymás mellett ültek az asztalnál.

– Nem akarod megsimogatni a kobrát?

– Sen, hogy jut ilyen az eszedbe? Még mindig az eszemben van, mikor rám nézett az a nagy kígyó, mielőtt agyoncsaptad.

Este is még tartott az ünneplés. Az asztalok rogyadoztak az ételtől és italtól. Kint, a palota előtt is ételt, italt osztottak. A katonák is kiemelt fejadagot kaptak.

– Csodás nap volt ez a mai – mondta Sen.

– Nekem is tetszett, csak a pocakom miatt nem tudok már táncolni, pedig nagyon szeretek – mondta Alda.

Ekkor egy hírnök lépett be. Egyenesen Senhez ment.

– Hercegem, kint várja valaki. Azt mondta, nagyon fontos.

Sen felkelt és kisietett. Ahogy kilépett az ajtón, nagy volt a meglepetés.

– Sid, te hogy a csudába kerülsz ide?

– Üdvözöllek! Hallom, ma van az esküvőd. Engedd meg, hogy gratuláljak hozzá és sok boldogságot kívánjak.

– De gondolom nem ezért jöttél ide, a világ másik végére.

– Nem, nem ezért. Nagy bajok vannak otthon. Tenéz királyságát már feldúlta a rablólovagok és a kalózok egyesített hada. Az uralkodói család elmenekült, most ott vannak Tamir királynál, de az sem biztonságos. Barand kikötőjét elfoglalták a kalózok, és megindultak a főváros ellen. Runa alkirály szerint egy fél évig ellenáll. Magas falai megvédik, de ha nem jön segítség, elesik. Így sikerült lemennem Rinalába. Ott béreltem egy hajót és megindultam, hogy megkeresselek. A különös hajóid nyomán jöttem. Sok helyen érdeklődtem, és végül itt megláttam a hajóidat, de ahogy látom, már jóval több van, mint korábban.

– Ma hallgassunk minderről, ne rontsuk el a vendégek hangulatát, de holnap megbeszéljük, hogy mi lesz a teendőnk, jó?

– Rendben.

Sen bekísérte Sidet, és bemutatta a vendégeknek régi barátját. Még sokáig mulatoztak. Késő éjszaka volt, mire mindenki nyugovóra tért.

Másnap a tanácsterembe jött mindenki, akit Sen odahívott. Az ő vezetői, Ran és a császár is megjelent fiaival. Sen felállt.

– Sajnos rossz hírt kaptam hazulról. Apámat, Tamir királyt megtámadta a rablólovagok és a kalózok egyesített hada. Több ezer ember visszahúzódott a várába, ott védi magát. Azt üzente, hogy egy évig talán ki tud tartani, de tovább nem, és ebből már két hónap eltelt. Nekem közel négyszáz emberem van, az nem elég.

Ran felállt:

– Én tudok adni ötszázat.

– Még mindig kevés. Megpróbálok még embereket toborozni.

– Én adok ötezer embert – szólt a császár.

– Ötezret? Az nagyon sok – szólt Sen.

– Odaadom a lovasságom felét, valamint a három hajódat is visszaadom arra az időre.

– És mikorra érne ide az az ötezer ember?

– Gyorsfutárral üzenek értük. Szárazföldön úgy 2-3 hét.

– Ki vezeti őket?

– Te vagy a főparancsnok, nem?

– Ha még áll a megbízatás.

– Persze, hogy áll. Seregeim főparancsnoka Sen, Atta hercege. De a szárazföldön kell elmennetek, mert tengeren ennyi embert nem tudsz elvinni.

– Nem is gondoltam.

– Ran meg feleséged lovasságával a szárazföldön menjünk. A tizennégy hajó pedig a tengeren, és odaérve körbeveszi Barand kikötőjét, majd elpusztítja a kalózok hajóhadát.

– A hajóidra is adok embereket, hogy teljes legyen a létszámuk.

Sen felállt és kiadta a parancsokat:

– A tizennégy hajó parancsnoka Orond kapitány. Ő nevezi ki a vezetőket, kapitányokat. Úticéljuk először Rinala kikötője, ahol az összes kalózhajót meg kell semmisíteni, elsüllyesz-

teni. Utána Senó, Tenéz király kikötője, ahol ugyanez a feladat.
És végül Barand kikötője: foglyok nem kellenek, minden ka-
lózt meg kell ölni, azonkívül engedélyezem a szabadrablást is.
Ki mit szerez, az az övé. Ha Barandban végeztetek, hagyjatok
a hajókon őrséget, a többiek pedig jöjjenek apám várához. Ha
útközben ellenséggel találkoztok, azokat is meg kell ölni. Vég-
leg le akarok számolni ezekkel a kalózokkal és rablólovagok-
kal. Akik a tengeren mennek, kezdjenek készülődni. Ha össze-
pakoltak, akkor már indulnak is, hisz' a hajóút hosszabb. Mi a
lovagjaimmal meg a császári sereggel, valamint Ran embertei-
vel a szárazföldön megyünk.

Mindenki készülődni kezdett. A kikötőben nagy volt a nyüzs-
gés; rakodtak fel az indulásra kész hajókra. Tíz hajón ötszáz em-
ber, négy nagyobb hajón háromszáz ember volt, így nyolcszá-
zan indultak el.

Orond elbúcsúzott Sentől. Megígérte, hogy legjobb tudása
szerint vezeti a hajóhadat. Sen egy kisebb láda aranyat adott
neki a költségek fedezésére. A hajóhad elindult.

A császár közölte, hogy addig itt marad, míg a lovassága meg
nem érkezik, legalább az unokájával lehet. A császár két kisebb fia
is a hajóhaddal tartott. Apjuk, a császár utasította őket, így leg-
alább meglátják, milyen egy igazi tengeri ütközeten részt venni.

Sen visszatért Aldához.

– Látod, kedvesem, megint el kell válnunk. Nem tudunk
együtt maradni sosem, de el kell mennem, hogy szüleimet meg
a hazámat megmentsem.

– Úgy látszik, neked ez a sorsod, hogy valakinek mindig se-
gítened kell. Mire visszatérsz, már ketten fogunk várni – és a
pocakjára mutatott. – Addigra megszületik a közös gyerekünk.

Két hét múlva hatalmas sereg érkezett meg a város északi
része melletti mezőkre. Senék felkészültek az indulásra. A csá-
szár magához kérette a parancsnokait és közölte velük, hogy
Sen a főparancsnok és minden utasítását úgy vegyék, mintha ő
maga, a császár adná ki. A parancsnokok tudomásul vették; ők
is kedvelték Sent, hisz' még emlékeztek, milyen zseniális ter-
vet hajtott végre, mikor a mogulokkal csatáztak. A többiek is

csatlakoztak a fősereghez és kiadták az indulásra a parancsot. Sok lovas szekér is követte őket, azokon volt az ellátmány embernek, lónak egyaránt.

Sen elbúcsúzott Aldától és a fiától, valamint a császártól. Az uralkodó megkérdezte Aldát, nem szeretne-e addig, míg Sen háborúzik, vele tartani Attába, a császári fővárosba Sen fiával, Ramannal együtt. Ez az ötlet Sennek is tetszett és azt javasolta, hogy vigyék magukkal Rinát is, Alda húgát. Így hát a császári városba kerültnek mindannyian. Sen örült neki, mert így legalább biztonságban tudta őket, míg ő odalesz.

Eldöntötték, hogy Ran hajóin térnek vissza Attába, mert a császár az övéit kölcsönadta Sennek.

– Kedvesem, isten veled, vigyázz magadra és a fiamra! Amint tudok, jövök, hogy minél előbb láthassalak benneteket. – Sen forrón megcsókolta Aldát, és elindult apja megsegítésére az Északi királyság felé.

Az út hosszú volt. Sen, a lovagjai és Sid már egyszer végigjárták, úgyhogy számukra nem volt ismeretlen az út, csak lassabban haladtak, mint akkor. Aki meglátta őket, félelemmel tekintett a hatalmas seregre; senki sem tudta, ki ellen készülnek harcolni. Sen egy gyorsabb mozgású kisebb csapatot küldött előre, akik az élelmet meg a mindenkori szálláshelyet készítették elő, ami nem volt egyszerű ennyi ember és ló számára. Így inkább a lakott helyek mellett mentek, ahol megfelelő vízmennyiség is volt. Attól nem kellett tartaniuk, hogy a sivatagi banditák megtámadják őket, mert mindenkit elrettentett a seregük nagysága.

Találkoztak egy portyázó mogulcsapattal, akik már nem tudtak kitérni az útjukból, így küldöttséget indított hozzájuk, hogy megtudakolja szándékukat.

A küldöttség vezetője bemutatkozott:

– Danda kán vagyok, a mogulok vezére. Megtudhatom-e a nagy sereg szándékát, s hogy hova tart?

– Sen herceg vagyok, a császári seregek főparancsnoka – és megmutatta a gyűrűjét.

A kán meghajolt.

– Legmélyebb tiszteletem. Már hallottam hírét a nagy hadvezérnek, aki a csatában legyőzte a mogulok seregét. Örülök, hogy személyesen is megismerhetem.

– Észak felé vonulunk. Apámat, Tamir királyt megtámadta a kalózok és a rablólovagok egyesített csapata. Azok ellen vonulunk, hogy minél előbb a segítségre lehessek. Remélem, nem azért jöttetek, hogy ellenetek is harcba szálljak.

– Nem, nagyuram, mi csak portyázni indultunk. Ha elfogadod a segítségünket, szívesen felajánlom, hogy veletek tartunk és segítségetekre leszünk.

– Megkérdem az embereimet és a parancsnokokat, utána közlöm veletek a választ. Egyébként hányan vagytok?

– Ezer ember, nagyuram.

Sen hátralovagolt és felvázolta a kánnal való beszélgetésüket az embereinek. Muró alvezér azt mondta, hogy a mogulok jó harcosok, és ha a kán megígérte, hogy mellettünk harcolnak, el kell fogadni, mert a visszautasítás sértő lenne számukra. Inkább egy barát, mint még egy ellenség.

Sen visszalovagolt a kánhoz.

– Örömmel fogadlak benneteket a csapatomban, ha elfogadjátok, hogy a parancsokat én osztom ki és nekem kell engedelmeskedni. Ha velünk tartotok, a csata végeztével fejenként két arany jutalmat tudok fizetni.

– Köszönöm, nagyuram, de mi fizetség nélkül is melléd állunk. Egy ilyen nagyhírű vezért öröm szolgálni. Azt is elfogadjuk, hogy te adod ki a parancsokat.

Így a mogulok is csatlakoztak a sereghez, valamint útközben két kisebb lovascsapatot is maguk mellé szerződtetett Sen, így a létszám hétezer főre duzzadt. Közben elérték az Északi királyság határát.

Véget ért a pusztaság; eljutottak az erdők, mezők, tavak, folyók országába.

Sid egy távoli pontra mutatott.

– Emlékszel erre a helyre?

– Igen, emlékszem.

– Elmegyek, keresek neked narancsszín hasú pókot, jó?

– Az nagyon jó lenne.

Bevonultak az erdő mellé és letáboroztak. Most már otthon voltak, az Északi királyságban.

Sid tért vissza az embereivel és egy egész marhacsordát tereltek, amit nem messze vettek.

Mindjárt le is vágtak ötöt, a többit elhajtották a karámba, későbbre hagyva.

Az árnyékos helyen mindenki jól érezte magát. Sokan megfürödtek a tóban.

Sen elment felkereste a kis tavat, ahol Amival fürdött régen, és felidézte az emlékeit. Ahogy jött vissza, hirtelen meglátott valamit: a zöld szalag még mindig ott volt a fán, ahová kötötte. Ezt kapta valaha Aldától. Most levette a fáról és a csuklójára kötötte.

Mikor visszaért, kiadta a parancsot, hogy mindenki pihenje ki magát, másnap reggel indulnak tovább.

A hajóhad odaért Rinala kikötőjéhez, ahol tíz kalózhajót fedeztek fel. A tizennégy hajó félkörben állt fel, az egész kikötőt körbevették. Négy hajóról elkezdték a hajítógépek bombázni a kalózokat. A mázsás kőgolyók csak úgy süvítettek a levegőben. Amelyik kalózhajót eltalálták, annak hatalmas rés keletkezett vagy a fedélzetén, vagy az oldalán. Ilyen taktikával, harcmodorral nem találkoztak. Ezután a többi hajó is támadásba lendült. Gyorsaságukkal meglepték a kalózhajókat, főleg amikor tüskéik átszakították azok oldalait és a tenger fenekére küldték őket. Végül kikötöttek, és a parton folyatták a harcot. A vikingek és a gladiátorok hamar felszámolták a kalózokat a parton is. Teljesen megsemmisítették őket, a rabolt kincseiket pedig összeszedték és a hajóikra szállították. Nekik is voltak veszteségeik, de Orond talált a városban egy viking szabadcsapatot és felfogadta őket. Azok örömmel csatlakoztak: ők is hallottak már erről a félelmetes hajóhadról.

Megindultak Senó felé. Az itt lévők elmondták, hogy az is a kalózok kezén van. Mire megközelítették Senó kikötőjét, a kalózok már biztosan hírt kaptak az érkezésükről, mert épp ki akartak hajózni onnan, így a legkedvezőbb pozícióban voltak Orond kapitány számára: a kalózok hajóit pont oldalba kapták.

– Támadósebesség!

Az evezősök nekifeszültek. Felgyorsították a hajókat, azok pedig egymás után törték át a kalózok hajóinak oldalát a tüskéikkel, majd utána további célpontot kerestek.

A hajón a császár fiai csodálkoztak, milyen zseniális taktikával harcolnak: alig három óra leforgása alatt az összes kalózhajót elsüllyesztették. A parton csak kis létszámú kalózcsapat maradt, de azoknak sem volt kegyelem; mindet megölték.

Már csak Barand volt hátra, Tamir király kikötője. Egyheti hajóút, és már ott is lesznek.

Sen seregével már alig háromnapi járásra lehetett. Apja várától már ismerős volt a vidék. Bár erre még nem járt ellenség, mégis minden néptelen volt. Mindenhol üres helységek – az emberek elmenekültek, mert tudták: a kalózok vagy a rablólovagok vagy megölik őket, vagy eladják őket rabszolgának. A legjobb elmenekülni előlük.

Már csak egy napi járásra lehettek, amikor egy portyázó csapatot vettek észre. Sen nyomban szólt Sidnek, hogy vigyen magával háromszáz embert és kerítsék be őket. Úgy is volt. Sidék mélyen belovagoltak alájuk. Sen a kánt a másik irányba küldte ugyanezzel a paranccsal, így lovascsapatuk csapdába került, egy harapófogóba: minden oldalról bekerítették őket. Úgy hatvanan lehettek. Nem volt választásuk. Sen kiadta a parancsot: fegyverezzék le őket, s aki ellenáll, öljék meg.

Így is történt. Lovaikat elvették, az embereket a földre térdeltették. Aki ellenállt, megölték. Akik megmaradtak, azoknak hátrakötötték a kezüket.

Sen odalépett hozzájuk:

– Kik vagytok? Mit kerestek a királyságunkban?

– Rablólovagok vagyunk, és nem érdemeljük meg, hogy így bánjanak velünk.

– Azt majd én döntöm el, hogy milyen bánásmódban lesz részetek. Valami közelebbit magatokról.

– Én Mordó lovag vagyok.

Sen meglepődött: már hallotta ezt a nevet. Igen, már emlékszik: a várnak, ahol voltak, Gordó várának ura... ő rabolta el Amit és a családját, és végzett a basa karavánjával és kedvenc elefántjával.

– Felajánlok nektek egy lehetőséget. Megküzdök veled és még kilenc embereddel egymagam. Ha győzök, mindenki meghal, ha veszítek, elmentek.

– Ezt elfogadom – közölte Mordó, arcán nagy vigyorral.

Sen intett embereinek. Hozták a felszerelést az elfogottaknak, visszakapták a kardjaikat. A többi térdelve maradt, és mögöttük egy-egy katona állt karddal a kezében.

Sen egy húsz méter átmérőjű kört alakított ki, azon belül folyt a küzdelem.

Kezébe vette két kardját, majd a tíz ellenfél felé fordult.

– Ha a kardjaimat kétszer összeütöm, akkor kezdünk.

Feszülten figyelték egymást. Sen felemelte a kardokat és csitt-csatt, megkezdődött a küzdelem. Gyorsan odaugrott és két ellenfelének átvágta a torkát, majd ahogy kifordult, másik kettőnek a hasát vágta fel. Utána kettőnek a fejét zúzta be, majd hátulról kettőnek a hátába döfte a kardjait. Olyan sebesen forgott, hogy szinte nem is tudták követni. Már csak ketten maradtak. Az egy egyikbe belevágta a kardját, a rablólovag maradt utoljára.

– Az én kedvesemet és családját raboltad el. A basa, akit lemészároltál és a családját eladtad rabszolgának, a barátom volt. És megölted azt a pompás elefántot is.

Sen először az egyik kezét vágta át, majd a combja következett, így már a földön feküdt.

– Most már felállni sem tudsz. Itt fogsz előttem a földön megdögleni, mint egy sebzett állat.

Intett embereinek, akik a többi rablóval is végeztek. Vezetőjük még félórát kínlódott, majd meghalt.

A kán odalépett Senhez:

– Nagyuram, ilyet még nem láttam. Egy ember tíz ellen. Valami csodálatos volt, ahogy harcoltál.

– Te is ki akarod próbálni?

– Isten ments! Dehogy! Nem ment el az eszem. Örülök, hogy melletted harcolhatok, és egy nagyon jó parancsnok is vagy, aki átlátja a helyzetet.

– Köszönöm, kán! Holnap apám várához érünk. Meglátom, milyen harcosok vagytok. Holnap támadni fogunk. Foglyokat nem ejtünk. Mindenkinek vesznie kell, aki apámra támadott.

– Bízhatsz bennünk, nem fogunk csalódást okozni, erre szavamat adom.

A várban eközben egyre rosszabb lett a helyzet. Már alig maradt élelmük, lassan a lovakat is le kellett vágni, de a király megtiltotta; főleg a fia fekete paripáit nem engedte, mert bízott benne, hogy nemsokára visszatér segíteni.

A hajóhad Barand kikötőjéhez ért. Érdekes volt; az összes hajó bent ringatózott a kikötőben, és csak egy kis létszámú őrség védte őket. Az érkező hajók kikötöttek, és a vikingek felszámolták az őrséget, nem kegyelmeztek senkinek. Ezután a hajókat átkutatva a kincseket, amit másoktól raboltak a kalózok áthordták a saját hajóikra.

– Mi legyen a hajókkal? – kérdezte az egyik viking.

– Hallottátok Sen parancsát. Az összeset elsüllyeszteni!

– De hát el is tudnánk adni őket.

– Az a parancs, hogy süllyesszük el. Vigyétek ki őket a nyílt vízre, és gyújtsátok fel. Azután ötven ember itt marad őrségben, a többi meg velem jön a királyi várhoz.

Ki lovon, ki ló nélkül, megindultak a vár felé.

Kora reggel már dolgoztak a faltörő kosok, döngették a vár kapuját. A hatalmas faajtó már kezdte megadni magát. A király a megmaradt embereivel a várudvaron állt fel védelmi pozícióban. Tenéz király a fellegvárba vonult vissza a családtagokkal. Sid szülei is ott voltak.

Már csak úgy kétszáz védő volt életben, nem sokáig tudtak a nagy létszámú ellenfél ellen védekezni.

Egyszerre nagy csend lett. Abbamaradt a faltörő kosok dübörgése, és a síkság feletti dombon egy hatalmas lovascsapat sorakozott fel.

– Hát ideértek! – sóhajtott fel a király.

– Kik, felség? Kik értek ide?

– Érzem, hogy a fiam visszatért.

Sen kiadta a parancsot.

– A kán embereivel lenyomul a völgybe és elzárja az utat a menekülők előtt, valamint az ott lévő csapattal is végez. Mi a főseregüket kapjuk derékba. Nincs kegyelem senkinek. Mindenkit megölni. Indulás!

És a kétezer lovas megindult. Mint valami folyam, úgy zúdult az ellenségre. A kán elfoglalta a megadott helyet és levágták az ott állomásozó csapatot. A fősereg sem tartotta magát sokáig, hamar menekültek volna, de nem tudtak: egyenesen a mogulok kardjai közé rohantak, akik kíméletlenül levágták őket. Már a vár alatt folyt a harc. Bentről a falakról látták, ahogy Sen serege felmorzsolja a támadókat. Úgy három óra elteltével csend lett: a rablólovagok és a kalózok hada megsemmisült. Egy pár tucatnak sikerült csak átverekedni magát, azok a kikötő felé vették az irányt, de nem volt szerencséjük, mert összefutottak Orond vikingjeivel, akik végeztek velük.

Sen utasítást adott, hogy a halottaikat temessék el, az ellenségét meg hordják egy helyre és égessék el őket. A rabolt kincseket is gyűjtsék össze, és majd egyenlően osszák el. Ezután megindult a vár felé. A várkapu kinyílt, és Sen besétált rajta lovagjaival és a többi vezetővel.

– Jobbkor nem is jöhettél volna. Már-már azt hittem, ez az utolsó napunk.

– Üdvözöllek, apám. Jó téged látni anyám. A húgom?

– Fent vannak a fellegvárban Tenéz királlyal és annak családjával, valamint Sid szülei is ott vannak. Aki csak tudott, ide menekült a rablóhorda elől.

– Eligazítom az embereimet és én is felmegyek.

Seregének nem sok vesztesége volt. Az erdő szélén kezdték a táborverést – még Sen adta ki nekik, hova táborozzanak le. Siddel odamentek és az összes vezetőt, kapitányt egy helyre kérette. Ott volt a kán is.

– Nagyon derekasan küzdöttetek. Igazi harcosokhoz méltóan valamennyien megérdemlitek a *félelem nélküli harcos* elneve zést. Büszke vagyok rátok! Ezeket a rablókat felszámoltuk, de a szomszéd királyságban még maradt belőlük pár banda. Nem kötelezlek benneteket, de vállalnátok-e, hogy megtisztítsátok tőlük a másik országot is?

A kán szólalt meg először:

– Vállaljuk, nagyuram!

– Mi is! Mi is! – így a többiek.

– Akkor, ha kipihentétek magatokat, egy-két nap múlva indulhattok. Én nem tartok veletek, mert sok elintézni valóm van. A két vezető Muró alvezér és Danda kán, a zsákmány, amit megszereztek, a tiétek, osszátok el egymás közt. Minden banditát megölni, ezt ne feledjétek el. Még veletek tart Darak lord is, aki jól ismeri a királyságot, valamint tudja, ki a barát és ki az ellenség. A civil lakosságot kíméljétek és segítsétek, és ne fosszátok ki őket. Csak az ellenséget. Remélem, nem lesz semmi probléma és kiűzitek vagy megsemmisítitek az összes kalózt és rablólovagot. Ha váraikat elfoglaljátok, ott hagyjatok majd helyőrséget, míg az elűzött király visszatér és átveszi az országa irányítását. Bízom bennetek. Járjatok szerencsével és győzedelmeskedjetek!

– Éljen a herceg! Éljen a herceg! – kiáltották.

Sen belépett a trónterembe. Anyja sietett elé, szorosan átölelte rég nem látott fiát.

– Üdvözöllek, fiam! Nagyon hiányoztál már! Nem is tudom, mióta nem láttalak, de remélem most már nem hagysz el bennünket.

– Köszöntelek én is, anyám! Azt nem ígérhetem, hogy nem hagylak el benneteket, csak azt, hogy ti is velem jöttök.

– Hova kellene veled mennünk?

– Hát, gondolom, minél előbb szeretnétek látni apámmal az unokátokat.

– Unokánkat? Hát van unokánk?

– Igen, egy kisfiú. Úgy hívják, Raman.

– És az anyja?

– Sajnos belehalt a szülésbe, nem élte túl.

– Hol van a kisfiú? Miért nem hoztad magaddal?

– Anyám, egy hadjárat nem egy kisfiúnak való. Azt hiszem, most a másik nagyapja vigyáz rá. Ő a Keleti királyság császára, Radana felség. Ő volt Ami apja, de ez csak később derült ki. Nemsokára lesz még egy unokátok; feleségül vettem Alda hercegnőt, az alkirály Ran húgát. Pont az esküvő napján érkezett meg Sid és mondta a rossz hírt, hogy az országunkat támadás érte, így hát ahogy tudtam, jöttem is. De a többit majd később elmondom.

Sen üdvözölte a többieket is, hisz' mindenki jó ismerőse volt, majd félrehívta Tenéz királyt és Darak lordot.

– Királyom, rendelkezésedre bocsátom a seregem egy részét, hogy felszabadítsd országodat a betolakodóktól. Ebben kérném még Darak lord segítségét is, hisz' ő jól ismeri az országot. Ott vár rátok hatezer-ötszáz jó katona. Már kiadtam nekik az utasításokat. Hagyjátok őket belátásuk szerint cselekedni. A visszahódított területeket utána vegyétek birtokba. Egy-két nap múlva indulhattok is.

– Nagyon köszönöm, Sen! Nem is tudom, hogy hálálhatom meg ezt neked. Minden úgy lesz, ahogy te akarod.

Sokáig elbeszélgettek még, hiszen bőven volt mondanivalójuk mindenkinek.

Másnap kezdték helyrehozni a hosszú ostrom ütötte sebeket. Kitakarították a várost a romoktól és a szeméttől, ami felhalmozódott. Az emberek visszatértek régi, megszokott életükhöz, elfelejtették az addigi rettegést, amiben éltek.

Délután megérkeztek a vikingek és a gladiátorok csapatai is. Elmondták, hogy a menekülő kalózokkal végeztek és a kikötőben lévő hajóikat elsüllyesztették, úgyhogy a közeli területen egyetlen kalózhajó sem maradt. Sen elmondta nekik, hogy belőlük akarja megszervezni a testőrséget, és ötven embert a másik királynak, Tenéznek ad, mert neki most nincs testőrsége. Majd ha rendezi az ország ügyeit és fejleszti a seregét, akkor visszatérnek ide, hozzá. De egyelőre pihenjék ki magukat, hosszú utat tettek meg.

– Orond, szeretnék veled beszélni.

– Parancsolj, hercegem.

– Nem akarlak tovább itt tartani benneteket. Ha akartok, térjetek vissza szülőföldetekre. Megkajátok a megígért jutalmatokat. Ha netán másképp döntenétek, szívesen látlak benneteket továbbra is a szolgálatomban. Az a tervem, hogy itt maradok úgy egy hónapig, utána visszatérek a Keleti királyságba. A családom miatt örülnék, ha ilyen katonák lennének mellettem, mint ti, de nem akarlak benneteket erre kötelezni.

Orond visszatért a vikingekhez és elmondta, miről beszéltek Sennel.

– Te miként cselekszel? – kérdezte Raldolf.

– Én jól érzem magam Sen szolgálatában, és itt is akarok mellette maradni. Hazatérek meglátogatni a szüleimet, barátaimat és visszatérek, hogy elkísérjem a következő útjára.

– Én is így határozok – mondta Raldolf.

– Mi is! Mi is! – kiáltották az emberek lelkesen: megszerették Sent. Már régóta tisztelték bátor, nemes viselkedését és igazságos tetteit.

Orond visszatért Senhez és elmondta neki, hogy hazatérnének ők is családjukhoz, de utánavisszajönnek, hogy továbbra is őt szolgálják. Sen örült a jó hírnek, és mindjárt fel is ajánlotta nekik, hogy ha menni akarnak, vigyenek hármat a hajóiból. Úgy jó egy hónap múlva indulnak vissza majd a Keleti királyságba.

A vikingek nem is maradtak tovább. Elkísérte őket a császár kisebbik fia is, Barda herceg, aki meg akarta nézni, milyen a hó és a fagy birodalma, ahol a vikingek élnek.

A két herceget már bemutatta az udvarnak Sen. A másik herceg, Raval, itt maradt a palotában; nagyon megtetszett neki Sen húga, Rezán. Igaz, voltak nyelvi nehézségek, de Rezán szívesen tanította a herceget, ő ugyanis Sen révén már tanult valamit a keleti nyelvjárásából. Az egyhónapos visszaindulásból azonban semmi sem lett.

Az egyesített seregek nem csak Tenéz király országából űzték ki a kalózokat és a rablólovagokat, hanem a Nyugati királyságba is behatoltak, így Sen is kénytelen volt bekapcsolódni a harcokba. Közben a vikingek is visszatértek és hoztak még embereket is, akik csatlakoztak Sen seregéhez. Háromszáz viking harcosa lett.

A Nyugati királyság kisebb-nagyobb hercegségekből állt, amelyet hol hadurak, hol rablólovagok, vagy csak erőskezű nemesek uralták. Sen csapati megtisztították a királyságot a kalózok és rablók hadától és egy egységes királyságot próbáltak kialakítani, de ez nem ment könnyen. Nagyon sok volt a területi vita. Ezeket sokszor csak erőszak útján lehetett rendezni. Végül sikerült mindenhova területi vezetőket kinevezni, akik az ő hatásköre alá tartoztak. Azok a nemesek, akik elfogadták a feltételeit, a helyükön maradhattak, akik nem, azokat száműzte, és saját megbízható embereiből nevezett ki a helyükre.

Az országot Sidre bízta, ő lett a tartományok megbízott vezetője, így nagyjából sikerült neki egységet kovácsolni a szétszabdalt országból, de ez majdnem egy évbe került, míg végrehajtották.

Így a három egymás melletti ország nyugalma végre helyreállt, és a saját terveit is folytathatta. Apját itt kellett hagynia, hisz' ő volt a király, de anyját és húgát magával vitte a tervezett útjára.

Helna és Raval herceg között erős barátság alakult ki, aminek igazán örült is, mert Raval hercegnek szánták Aldát annak idején. Mikor béke lett, Danda kán a csapata élén nagy hadizsákmánnyal, amit a felszabadító hadjárat alatt szerzett, viszszatért a mogulokhoz.

Sen megköszönte neki a segítséget. A kán felajánlotta Sennek, hogy amikor csak szükségét látja, üzenjen neki, ő rendelkezésére fog állni.

A császár serege is visszaindult Muró alvezér vezetésével. Sen is elindult, miután apjától elbúcsúzott, ám gladiátorait itt hagyta apjának, ő csak a vikingeket meg a lovagjait vitte magával a közelgő hosszú tengeri útjára. Úgy négyszáz fő lehetett a csapata. Kilenc hajót vitt magával – a négy új építésűt, a hármat, amit a császártól kapott vissza, meg még kettőt a flottájából, a többit itt hagyta az apjának.

Egy év elteltével indult vissza, hogy láthassa kedvesét meg fiát, valamint a megszületett gyermekét is. Már nagyon kíváncsi volt, fiú lett vagy kislány.

Az anyja is örült, hogy végre a fiával lehet. Végre jobban megismertheti a hosszú hajóút során. Több kereskedelmi hajóval is találkoztak – úgy látszott, hogy mióta a kalózok eltűntek, megélénkült a kereskedelmi forgalom is.

Rinalában kötöttek ki először. Itt is minden megváltozott: sok hajó volt a kikötőben, és a város kereskedelme is megváltozott. Eltűntek a rabszolgák és a rabszolgakereskedők, hiszen azokat Sen felszámoltatta. Az egész nyugati ország kezdett átalakulni és olyanná válni, amilyennek Sen látni szerette volna.

Miután felpakoltak élelemmel és itallal, megindultak a Déli királyság felé. Itt is sok volt az érdekes látnivaló. Meg is álltak ott, ahol egyszer már kikötöttek. Anyjának és húgának megmutatta azokat a furcsa állatokat, amelyek itt éltek. Húgának az a hosszú nyakú állatt tetszett, amit zsiráfnak hívtak. Mesélt nekik az apró emberekről is, akik ezen a területen élnek.

Útjuk azonban nem volt zavartalan, hisz' a megmaradt kalózok most itt vadásztak prédára. Egyik alkalommal egy kikötőt ostromolt két kalózhajó. Sen a négy új hajóját küldte rájuk, amelyek el is süllyesztették azokat és a kalózokkal is végeztek. Később egy tengeri ütközetet sem tudtak elkerülni: itt öt hajóval kellett szembeszállni.

Sen nem akarta anyját és húgát kitenni a veszélynek, így két hajójával hátramaradt, a másik hét szállt szembe a kalózokkal. A hajítógépek derekasan dolgoztak a négy hajón: ahova a mázsás kövek becsapódtak, törtek-zúztak mindent. Három hajót úgy elsüllyesztettek, hogy még oda sem értek. Azt a kettőt meg, ami még megmaradt, közös erővel semmisítették meg. Újabb támadásra nem került sor: vagy elmenekültek előlük, vagy nagy ívben kikerülték őket.

A következő hely Bava városa volt, ahol a hajói kikötöttek. Itt nagyon nagy örömmel fogadták Senéket. Az emlékhely és a kórház is felépült, mióta nem járt erre. Egy négy méter magas, gúla alakú sírhely volt Ami emlékműve. Nem messze tőle egy magas, kétszintes, fehér kórház állt, melyben a leprás betegeket ápolták. Sajnos a basa családjából már senki sem élt.

Sen megköszönte a város vezetőinek, hogy teljesítették a kívánságát, és indultak is tovább, hiszen alig várta már, hogy találkozhasson a kedvesévél és fiával.

Egy hét múlva nagy örömükre feltűnt Sar kikötője. A kilenc hajó kecsesen siklott be. Miután kikötöttek, Sen sietett fel a várba, hogy minél előbb találkozhasson kedvesével, mert remélte, hogy már visszatért a császár vendégségéből. Nem is tévedett. Félúton találkoztak, Alda már szaladt felé:

– Sen, Sen, de örülök, hogy láthatlak! – és a nyakába ugrott. Sen átölelte és forrón megcsókolta kedvesét.

– Nekem is nagyon hiányoztál! Alig győztem kivárni, hogy láthassalak. Na és milyen utóddal lepsz meg?

– Azt nem árulom el, majd ha feljössz, meglátod.

Közben a kísérete is odaért.

– Hadd mutassam be édesanyámat, Mira királynét, ő pedig a húgom, Rezán hercegnő.

– Őszintén örülök, hogy végre találkozunk. Én Alda hercegnő vagyok, Sen felesége.

Kölcsönösen üdvözölték egymást, majd megindultak a fellegvár felé. Sent ott újabb meglepetés várta. Ahogy belépett a trónterembe, ott állt a császár is előtte, Ran alkirály társaságában. Őket is üdvözölte, de most már sietett is tovább, hogy minél előbb láthassa ifjú örökösét. Nagy izgalommal lépett be a gyerekszobába, ahol fia szaladt felé. Boldogan ölelte magához, majd a kiságyhoz lépett, ahol egy gyönyörű kislány nézett ki a kiságyból. Kivette, és lágyan megölelte.

– Üdvözöllek, kisember! Nagyon hiányoztál, mert nem tudtam rólad semmit, de most már boldog vagyok, hogy itt tartalak a kezemben.

Anyja is bejött a húgával együtt. Azt sem tudta, melyik unokájához menjen először. Sen bemutatta fiának:

– Ő a nagyanyád, menjél hozzá.

A kisfiú belecsimpaszkodott Mira nyakába, majd a húga is odalépett és ő is felvette az unokaöccsét.

Anyja a másik unokájához lépett:

– Tündéri kislány, mintha az anyját látnám!

A baba ugyanis Aldára hasonlított.

Sen magukra hagyta őket, és Aldával átmentek a másik szobába. Megmutatta a kezén lévő szalagot Aldának:

– Emlékszel még erre?

– Hát persze, ezt adtam, amikor először elbúcsúztunk. Hol volt eddig? Nem láttam rajtad.

– Mikor hazaindultam, egy fára kötöttem és most, hogy megint arra mentünk, megtaláltam és elhoztam. Most már örökre összeköt bennünket.

– Remélem, így is lesz. De mesélj, mi tartott ilyen sokáig?

Ekkor Sen elmesélte Aldának, milyen kalandok és események gátolták abban, hogy előbb vissza tudjon jönni.

Este hatalmas lakomát tartottak a visszatérés örömére. Sen a császárnak is beszámolt az útjáról, az uralkodó pedig elmondta, hogy mikor a földi csapatai visszatértek, visszahozta Sen fiát és Aldát, hogy minél előbb találkozhassanak. Eddig a császári fővárosban voltak ők is. A kisfia volt a palota kedvence, mindenki megszerette.

Alda elmesélte, hogy a lánya sem kapott még nevet, mert azt akarta, hogy együtt nevezzék el, amit a mai estén meg is lehet oldani. Sen megkérdezte Aldától, van-e valami elképzelése.

– Nekem nagyon tetszik a Tinália név.

– Akkor legyen a neve Tinália. Ezt is elrendeztük.

A császár elmondta Sennek, hogy szeretne egy kereskedelmi utat kiépíteni a Keleti királyság és az Északi királyság között a szárazföldön, így a két ország között szorosabb kapcsolat jöhetne létre. Sennek is tetszett az ötlet, helyeselte is.

Raval herceg közölte a császárral, hogy nagyon megtettszett neki Sen húga, Rezán, és szeretné meghívni a fővárosba, Attába, hogy jobban megismerjék egymást. A császár azt válaszolta, hogy igazán örül neki, hogy épp Sen húga nyerte el fia tetszését, s nagy örömére szolgál, ha vendégül láthatja a hercegnőt. Még egy hétig ott vendégeskedett a császár, majd a visszakapott három hajójával valamint Sen húgával, Rezánnal megindultak a főváros, Atta felé.

Sen is elkezdte az előkészületeket a visszaútra, hogy hazatérhessen.

Felkereste volt mesterét és kiképzőjét, Far mestert és megkérdezte tőle, nem akarna-e vele menni az Északi királyságba. Az idősödő mester boldogan igent mondott, így hát ő is vele tartott. Éba és Zanir is készülődtek, hogy Sennel és Aldával tartsanak. Sen megígérte Zanirnak, hogy megállnak Ami emlékművénél, hogy elbúcsúzhasson tőle és anyja, Kádó sírjától.

Megkezdődött a berakodás a hajókba. Sen meglepődött, mikor a hajójára lépett. Öt ládát talált, ami nem volt ismerős számára.

– Hát ezek hogy kerültek ide, Rass?

– Még a császár hozatta át a saját hajójáról és azt mondta, neked adjam át személyesen. Itt vannak hozzá a kulcsok.

Sen átvette a kulcsokat és sorban kinyitotta őket. Mindegyikben arany volt.

– Te jó Isten! Ennyi arany! Most igazán gazdagok lettünk! Nem mondta, hogy miért adja?

– Nem, nem mondott semmit.

Sen mindenkitől elbúcsúzott, és szeretteivel valamint hű embereivel elindultak vissza, az Északi királyságba.

Először ismét kikötöttek Bava kikötőjébe és elbúcsúztak Ami és családja síremlékétől. Majd megkerülve a Déli királyságot Rinala kikötőjébe érkeztek, ahol megrakták hajóikat élelemmel és iltallal s indultak is tovább. Barand kikötője felé egész útjuk során nem történt semmi különös esemény. Szép, csendes hajóútjuk volt. Barand kikötőjébe érve kikötöttek és lehorgonyoztaák a hajókat, majd megkezdődött a kipakolás. Három hintót is odakészítettek előre, hogy legyen miben utazniuk a nőknek és a gyerekeknek, valamint a csomagokat is be tudják pakolni. Az éjszakát ott töltötték, és reggel már indultak is vissza a főváros, Runa irányába. Sen és csapata lóháton nyargaltak a hintók mellett, előtt, mikor hogyan.

Útközben megmutatta Aldának, mi merre van, melyik királyság hol található. Aldának tetszett a hegyes-völgyes táj, a nagy, zöld mezők, tavak és rétek, a nagy erdők. A hatodik napon meglátták a főváros tornyait a távolban.

– Na, hazaértünk végre. Még pár óra, és otthon leszünk.

– Most egy darabig nem mész sehova – szólt Mira, Sen anyja.

– Nem is áll szándékomban. Olyan csendes és békés minden, végre a körülöttünk lévő országokban is nyugalom van.

Beérve a városba egyenesen a várba mentek. Az udvaron már várta őket az apja, a király.

– Csakhogy végre megjöttetek!

Sen leszállt a lóról és megölelte apját.

– Hadd mutassam be a feleségemet, Alda hercegnőt, ez a fiatalúr Raman herceg, és itt ez a kis tündér pedig Tinália hercegnő.

A király azt sem tudta, hova nézzen, olyan boldogság töltötte el a szívét. Mindkét unokáját megsimogatta, üdvözölte fia feleségét, majd nejét, Mirát is forró ölelésben részesítette.

– Menjünk be a várba! Ma egy nagy lakomával ünnepeljük meg a visszatéréseteket.

Sen közölte, hogy neki az embereivel még dolga van, de ha végez, ő is csatlakozik hozzájuk.

Emberei behajtották a lovakat a karámba, majd ők is berendezték a szálláshelyüket. Sen elmondta nekik, hogy aki el akar menni, azt kellően megjutalmazza, aki pedig maradnának, azokat a tartományaiban helyezi el, különböző helyőrségekben, ahol védelmi feladatokat látnak el. Ha esetleg hajóútra kell menni vagy az országot éri támadás, akkor közösen lépnek fel, és újból összegyűlnek egy csoportba. Gondolják át, másnapig mindenki úgy dönthet, ahogyan csak akar.

Ezzel ő is visszatért a várba. Fent a palotában a király már berendeztette a szobákat, nagy, tágas gyerekszobákat. Sennek és feleségének mellette egy nagy szoba, valamint ott volt a király meg a királyné szálláshelye is.

Éba és Zanir is ott kaptak helyet egy kisebb szobában Éba fiával, Tonddal együtt.

A kincsesládáit is felhordtatta, és a külön kis szobájába vitette be. Ezután készülődtek a vacsorához.

Étkezés közben számos történetet elmeséltek, amit útjuk során átéltek. A kiránynő az egzotikus, hosszú nyakú állatokról meg a csíkos lovakról beszélt főként, Alda meg a hazájáról, a Keleti királyságról tartott a királynak beszámolót.

Másnap Sen Sidért küldetett, hogy szeretne vele találkozni, és hozza el Helnát is, szeretné, ha Alda is megismerné. Ő pedig felkereste embereit. Orond fogadta.

– Na, hogy határoztatok?

– Páran hazamennének, de a többség maradna itt továbbra is.

– Ennek igazán örülök, mert igazán jó és megbízható harcosok vagytok, és a tengeren is megálljátok a helyeteket. Ahogy mondtam, a királyság több tartományába akarlak benneteket elhelyezni, ahol a rendre is ügyelni kellene. Ne legyenek viszályok, az emberek békében és biztonságban éljenek, de ha bárhonnan támadás ér valakit, egységesen tudjunk ellene fellépni.

– Ez nekünk is megfelelne, így talán mi is családot alapíthatnánk, és nem kellene portyázásból élni, mint a hazámban a többieknek.

– Felosztom majd, ki hova kerül, és tudatom veletek. Itt, a palotában csak egy ötvenfős testőrséget tartok majd. Addig is pihenjetek, és élvezzétek ezt a nyugalmat.

Sen szétosztotta a királyságban az embereit, ki-ki a megfelelő helyre került. A lordságot is felügyelte. Apja közölte vele, hogy a hónap végén lemond a trónról és Sent koronázzák királlyá, ezentúl ő fogja irányítani az országot.

Végre rend és békesség honolt mindenhol. A déli oldalon Tenéz király országa húzódott, nyugaton Sid felügyelte a tartományokat, keleten pedig a császár birodalma húzódott. Sehonnan sem fenyegetett immár veszély.

Közben megérkezett Sid is.

– Köszöntelek, barátom! Gyere, kimegyünk a közeli bástyára, onnan messze el lehet látni. Szeretek ott lenni.

Sid követte Sent.

– Sen, képzeld, jövő hónapban mi is összeházasodunk Helnával.

– Gratulálok. Már épp ideje volt, nem gondolod?

– Hát igen, de mindig közbejött valami. Mmost már békesség van, és remélem, az is marad.

– Igen. Emlékszel még, mikor a kőbányában kezdtünk? A helyzetünk teljesen kilátástalan volt.

– Hát igen, akkor nem gondoltuk volna, hogy valamikor majd birodalmakat, országokat szelünk át és mentünk meg.

– Igen, és a kis rabszolgafiúkból végül királyok lesznek. Tudod, ez olyan, mint egy mese.

– Sen, hallottad, hogy fent északon valami új lovagrendféle alakul? Valami tenton lovagok, vagy mik.

– Mit tudsz róluk? Békések, vagy talán ők is majd hódítani akarnak? De csak jöjjenek, majd szembetalálják magukat ők is a félelem nélküli harcosokkal.

Vége

A szerző

Neukirchner Ferenc Magyaregregyen született 1958.12.07-én. Nyolcadik osztály után kitanulta a lakatosszakmát, amelyben – immár negyvenegy éve – mind a mai napig dolgozik. Vidéki kertes családi házában lakik élettársával és lányával. Hobbijai a tévénézés, számítógépezés, autózás.

Értékelje ezt a könyvet honlapunkon!

www.novumpublishing.hu

Neukirchner Ferenc

Kiáltás a vadonban

ISBN 978-3-99064-712-7
64 oldal
4170 Ft

Szívmelengető, érzelmekkel teli, fordulatos, meseszerű történet egy apró medvcbocsról, aki egy szerető emberi családban nő fel, keveredik kalandokba, mielőtt visszatérne valódi otthonába, a vadonba.